森鷗外

魚玄機

ぎょげんき

森鷗外

歷史小說選

Mori
Ōgai

もりおうがい

目次

譯者序

鄭清茂

森鷗外（一八六二—一九二二）是日本近代重要的作家之一，與大約同代的夏目漱石（一八六七—一九一六），並稱二大文豪或文壇巨匠。兩人重要的類似點是：都屬於所謂「知性」的作家，都有留學外國的經驗，身為作家都自外於當時的文壇派系或文藝思潮，如浪漫主義、自然主義、唯美派、白樺派等等，而獨立成家；雖不呼朋引類，卻均極受尊崇。

漱石的生平事蹟比較單純。東京帝國大學英文科畢業，在高等學校教英文期間，官費留學英國，回國後在東京帝大等校講授英國文學，著有《文學論》、《文學評論》等專書。這期間，偶而在雜誌上隨興連載了〈我是貓〉（一九〇五—一九〇六），大受歡迎、一舉成名。於是開始傾其全力於文學創作，發表了不少短、中、長篇小說。一九〇七年辭去大學教職，應《朝日新聞》之聘成為該報的專屬作家。果然不負所望，在與宿疾胃潰瘍纏鬥的餘生中，不但推出了一系列傳世的傑作，而且在創作小說之餘，也不忘隨筆小品的書寫，俳句、漢詩的吟詠與文人畫的揮毫，留下了不少作品。他的許多重要小說已有不止一種漢譯本。漱石終其一生始終活躍在廣義的文學領域裡，是個純粹的在野文人或知識份子，附帶值得一提的是他曾堅拒政府送上門來的文學博士學位。

比起漱石來，森鷗外的學經歷就複雜多了。原名林太郎，號鷗外，別號牽舟生、腰辨當、歸休兵等，堂號千朵山房主人、觀潮樓主人。就像明治時代大多數知識份子一樣，鷗外從幼年起就接受漢學的教育。根據諸多鷗外年譜，鷗外從五歲開始背誦《論語》，七歲讀完《四書》後，開始誦讀《五經》，九歲起誦讀《左傳》、《國語》、《史記》、《漢書》，十歲開始學習德文。在那學制年年在變而尚未定型的時代，鷗外十二歲就進入醫學校預科。十五歲成為東京大學醫學部本科生。十八歲拜師學習漢詩作法。十九歲大學畢業後就被派到陸軍軍醫本部服務。二十二歲奉命留學德國四年，研究陸軍衛生學與醫療制度。二十九歲獲頒醫學博士。從此官運亨通，一直活躍於軍醫界。歷經陸軍軍醫教官、軍醫學校校長、軍醫總監等軍職，而至陸軍省醫務局長。值得附帶一提的是：他在甲午戰爭（一八九四）與日俄戰爭（一九〇四）期間，都以軍醫部長身份參與前線醫務。三十三歲（一八九五）甲午戰爭後，奉命自滿洲轉至台灣，任台灣總督府陸軍局軍醫部長，同年九月返日，回任陸軍軍醫學校校長之職。四十七歲（一九〇九）文學博士。大正五年（一九一六）五十四歲，退出軍職，轉為文官，出任帝室博物館總掌兼圖書頭。五十七歲任帝國美術院長。六十七歲逝世，病症是腎臟萎縮兼肺結核。

鷗外的一生事業，在表面上，可以說幾乎都在軍事醫學衛生學的領域裡，而且在青壯年時代，除了認真奉行正式的職務之外，也譯介了不少與醫療衛生相關的西方論著，還包括克羅斯威茲（Karl von Clausewitz）的《戰爭論》。然而，儘管官大威大，鷗外在專業方面的貢獻並未受到普遍的瞭解與重視，有人甚至對他的一些醫學理論或主張還提出過負面的評價。其實，在日本早期全盤近代化的過程中，鷗外在文學理論的倡導與創作上的傑出成就，已足以讓他史上留名，而在醫學領域的貢獻也就被人忽略或淡忘了。

森鷗外基本上繼承了江戶時代儒者文人的志節與趣味，加上西洋的科學實證精神；可謂上承傳統文化而致力於開啟西學洋務之風，成為明治維新時期「文明開化」運動的啟蒙旗手。儒家的文學觀常以「文章經國之大業、不朽之盛事」為主要價值。考證諸鷗外終生之所作所為，似不外乎這種價值的追求過程。或許可以說，這是他奉為圭臬的處世箴言。鷗外的文章可分為兩種。一種是以專家身份倡導推行西方醫學衛生學等洋務，對日本的近代化做出了重要的貢獻，屬於所謂經國之功、濟世之德；但在同時，他也不忘他所敬仰的江戶文人的文采風流，仕而優則文，業餘喜歡舞筆弄墨，不但在追求現代化的日本文壇上大放異彩，創作了許多重要的作品，贏得了當代大作家、大文豪的稱號；而且在某種意義上，可以說能以文藝立言，在日本文學史上留下了不朽之名。

其實，鷗外的文學興趣早有跡象可尋。他在十二、三歲時，開始熟讀

《古今和歌集》、《唐詩選》等書，並試以漢文進行寫作。這些經驗養成了他後來喜歡吟詠和歌、新體詩，或偶而作漢詩的習慣。

鷗外於大學畢業、任職軍醫後，就玩起筆桿，向報紙投稿。留德回國後，更加積極。在廣義的文學領域裡，他介紹了多家西方的哲學、美學與文藝理論，翻譯了不少小說、詩歌、童話與戲劇等作品，終生幾乎未嘗間斷。比較重要的有哈爾特曼的《美學綱領》、安徒生的《即興詩人》、易卜生的《玩偶之家》、歌德的《浮士德》、王爾德的《莎樂美》等，不勝枚舉。這些譯作對近代日本文學的發展發生了深遠的影響。

然而，更重要或最重要的當然是鷗外的創作。他在二十八、九歲時發表了稍帶浪漫主義傾向的所謂留德三短篇〈舞姬〉、〈泡沫記〉與〈信使〉，一舉成為文壇名家。其後，約有十六、七年期間，雖然繼續出了不少翻譯、文論、小品、詩歌或腳本等，卻久不見小說的創作。直到四十七歲（一九〇九）發表了被查禁的〈性生活〉（Vita Sexualis）後，聲威反而大震。接著寫了《青年》、《雁》、《灰燼》等長篇，進一步鞏固了他在文壇上的地位。這些作品完全揚棄了早年的浪漫色彩，轉而以他理性的旁觀態度與寫實手法，關注日本社會在急速近代化的漩渦中，殘留的封建觀念與習性、現代自我意識的抬頭與挫折、人生的希望與無奈等課題。這與當時夏目漱石的立場倒頗相似，只是表現手法有異；而與文壇主流，即帶有私小說傾向的日本自然主義，顯然大不相同。

然而，終於使森鷗外成為文壇巨擘的是他晚年的歷史文學創作。

明治四十五年（一九一二）七月三十日明治天皇駕崩。九月十三日乃木希典大將殉死。鷗外感動之餘深受衝激，立刻寫了〈興津彌五衛門之遺書〉，發表於十月的《中央公論》上。這是他的第一篇以武士道為題材的歷史小說。這篇經過修改後，與〈阿部一族〉等收在翌年刊行的《意地》集中。「意地」是書題，並非篇名，而是概括集中各篇的共同主題或旨趣。日文的意地一詞，蓋指固執己見、意氣用事之意。武士有所謂武士道的道德倫理規範，而在其往往不合常情與人性的規範裡，賭注其生命的存在意義。這種賭注包括個人的生死，甚至一家一族的存亡絕續。所爭的無非是存在的尊嚴。換句話說，就是面子攸關的問題。

鷗外在〈阿部一族〉之後，接著在同年十月，發表了〈護持院原復仇記〉。此後兩年之內，陸續發表了〈大鹽平八郎〉、〈堺事件〉、〈安井夫人〉、〈栗山大膳〉、〈山椒大夫〉、〈魚玄機〉等中短篇。論者以為在這些作品中，都還潛伏著「意地」的意識暗流。此後，從大正五年（一九一六）五十四歲起，在三年內，完成了以幕府末期的儒醫儒者為題材的長篇：《澀江抽齋》、《伊澤蘭軒》、《北條霞亭》三部傳記。這些晚年的作品，一般也都廣義地歸為歷史小說，但就文類的形式而言，說是歷史不像歷史，說是傳記不像傳記，說是小說不像小說。作者「我」頻繁出現在敘述過程當中，好像帶領著讀者步步尋找歷史或故事的真實。這是依據公私文獻史料、經過實地訪談查詢，再加考證、分析、整理之後，以「我」的觀點撰成的作品。可說是鷗外自創的文藝形式，類似當今時行的調查報導文學而不失其最重要的文藝本質。日本文學史上或稱之為「史傳」小說。這些史傳小說代表了鷗外文學的最高峯。

有緣讀者共享。

＊

本書從鷗外的短篇歷史小說中選出五篇，略加注釋，編成一冊，盼能與有緣讀者共享。

〈阿部一族〉講一個身為家臣的武士未獲藩主許可而自動殉死，結果不但等於犬死（白死），甚至招致了一家滅絕的悲劇故事。作者鷗外在〈興津彌五衛門之遺書〉後，藉阿部一族的遭遇，從近代人道的觀點，思考殉死的問題。在封建時代武士道的傳統裡，僕從臣下為主君殉身，自認或被認是情義所當然，是一種美德。然而能不能殉死，卻非先獲得主君的點頭不可，否則等於違逆抗命。不過即使有幸獲得許可，而在悲壯切腹的情懷之間，除了純粹的盡忠之心外，每人其實都有自我個人的心理矛盾與算計。並不如一般人想像中那麼單純。

〈護持院原復仇記〉也是關於武士的故事。但主題變成報仇，而且是主動申請而獲得許可的報仇。經過一年多的折磨，千辛萬苦，終於獲得神佛之助似的，幸而找到仇人、完成了報仇的初願。在鷗外的小說裡，算是有圓滿收場的少數作品之一。但在圓滿結局之前，作者鷗外也藉由苦主山本宇平的言行，包括中途失蹤之舉，提出了對報仇行為本身的質疑與困惑。

〈安井夫人〉與武士道無關，主角是江戶末期至明治初年的大儒安井息軒（一七九九—一八七六）的夫人佐代。佐代是個美人胎子，十六歲就自願嫁給被姊姊拒絕的醜男子漢學家、大她十三歲的安井息軒。婚後一變而成賢妻良母，勤儉持家；似乎一無所求或不知有何所求，平平凡凡，終其一生。享年五十一。評者或以為鷗外想傳達的要旨是傳統婦女的無私、犧牲與奉獻。作者鷗外在佐代死後突然現身說：「佐代心裡一定抱著極不尋常的願望，但她的願望是甚麼呢？恐怕連她自己也迷迷糊糊，一直沒有清清楚楚地辨認出來。」

〈山椒大夫〉是個古代傳說的翻案。時空背景設定在十一世紀後半的平安時代末期。鷗外曾在〈依照歷史與脫離歷史〉一文裡，特別談到他創作這篇小說的緣起、想法、過程與結果，坦承這篇是他嘗試脫離歷史而未能完全脫離歷史的作品。本篇所依據的主要史料是同名的「說經淨琉璃」，但在人物、年代、情節、場景多方面都頗有增刪改動。全篇題旨不一。經過人口買賣的悲慘故事，寫出人性之美與醜、惡行與奉獻、宗教的救贖，甚至還觸及奴隸解放的問題。

〈魚玄機〉是鷗外所寫兩篇中國人物故事之一。另一篇是〈寒山拾得〉。魚玄機是實在的歷史人物，是有美人之稱而廣受歡迎的晚唐才女詩人，因為嫉妒而竟至殺死婢女，落得鋃鐺入獄，服罪受斬。鷗外在小說後附列參考書目二十多種，但主要的史料出處是《唐女郎魚玄機詩》與所附〈魚玄機事略〉，以及《溫飛卿詩集》、《唐詩紀事》、《全唐詩話》。小說中的溫庭筠、魚玄機等是「依照歷史」，但主角玄機的成長情節卻出自鷗外「脫離歷史」的創作。玄機從「以女人之體而懷男人之志」，變成道姑後，經「對食」（同性戀）而轉為「真正的女人」。鷗外站在醫師與新女性的觀點，藉魚玄機來描述女人對性慾與自我的覺醒，以及伴隨而來的猜忌與妄想，而終於導致自取滅亡的結局。

＊

本集所選五篇，除〈魚玄機〉之外，都已別有漢語譯本，有的還不止一種；加上相關的學術論著與網路的散播，表示這十幾年來，森鷗外晚年的歷史小說在漢語圈內也開始擁有一定的讀者。這是可喜的現象。因為要瞭解日本近代文學，不能不知道森鷗外；要瞭解森鷗外不能僅止於〈舞姫〉、《雁》等早期的作品，也必須知道他晚期的歷史小說。

本集在譯注過程中，承台灣大學日文系朱秋而教授協助查尋相關資料，並解決一些語詞的疑難。願在此表示由衷的謝忱。

二〇一七年大暑　序於桃園

阿部一族

あべいちぞく

寬永十八年辛巳春[1]，從四位下左近衛少將兼越中守細川忠利[2]，不顧領地肥後國比別處早開的櫻花，身為五十四萬石[3]大名，在昂揚的陣仗前後簇擁下，即將緊跟春天由南向北的步伐，前往江戶參勤[4]供職，不料動身之際竟罹重病；侍醫方劑不能奏其效，病情日益惡化。飛腳[5]立刻飛奔江戶，擔心這稟報延後參勤的訊息。當時的德川將軍是有賢君之譽的第三代家光，擔心這位在島原農民暴動中，擊敗賊將天草四郎時貞[6]而立下大功的忠利的境況，乃於三月二十日，著由松平伊豆守、阿部豐後守、阿部對馬守三位執政[7]，聯名草擬慰問書翰；又派了名叫以策的鍼醫，從京都南下九州。繼之於二十二日，命武士曾我又左衛門為上使，遞送執政三人署名的慰問信函。將軍家對待一個大名，居然如此鄭重，可算無以復加了。自寬永十五年春天，島原之亂敉平之後，三年以來，將軍家不斷盡其慇懃，或追贈江戶藩邸苑地，或賜以所獵仙鶴，不一而足。何況此次聽說是重病，在有先例可循的範圍之內加以慰問，自是情至義盡、理所當然。

其實，當將軍家還在忙於安排探病事宜時，在熊本花畑[8]的館邸裡，忠

1 寬永：第一〇九代明正天皇之年號（一六二九—四三）。寬永十八年當西曆一六四一。當時德川幕府之將軍為三代德川家光（一六〇四—五一）。

2 細川忠利（一五八六—一六四一）：肥後國初代熊本藩（今九州熊本縣）藩主，通稱大名。階位從四位下、官銜左近衛少將、號越中守。後改封肥後國，移入熊本城。

3 石：米十升為斗，十斗為石。江戶時代大名、武士之俸祿單位。

4 參勤：參勤交代之略。江戶時代為有效控制地方，規定各地大名每年輪流居住領地與江戶，在幕府供職。故各藩在江戶皆設有常駐官署藩邸（原文屋敷），通常設有上邸、中邸、下邸等，以備不同或不時之需。

5 飛腳：江戶時代快遞信使，或運貨之業者。

6 時貞：即益田時貞（一六二一），通稱天草四郎。寬永十四年（一六三七）率島原半島（今長崎縣南部）農民與基督徒聯合叛亂，史稱島原一揆。時貞為總大將。翌年為幕府及鄰藩之聯軍所滅。傳細川忠利有殺死時貞之功。

7 三位執政：伊豆守松平信綱（一五九六—一六六二）、豐後守阿部忠秋（一六〇二—七五）、對馬守阿部重次（一五九八—一六五一），同時出仕幕府為老中。所謂老中者，直屬將軍，參與大政、總理庶務之最高官職，由二萬五千石以上之譜代藩主，即幕府成立前忠於德川氏之近臣後代大名任之。或稱執政。

8 花畑：今熊本市花畑町。在熊本城南方，有藩主別邸。

利的病情急速惡化，早於三月十七日申時亡故了，享年五十六。夫人是小笠原兵部大輔秀政的女兒，是以將軍的養女身份嫁給忠利的。今年四十五歲，名叫阿千。嫡子六丸在六年前元服時，蒙將軍家賜予光字，因而取名光貞，受封四位下侍從兼肥後守。今年十七歲。正在江戶參勤途中，已來到遠江國濱松[9]，但接到訃訊後，立刻折返肥後。光貞後來改名光尚。次男鶴千代從小便被送到立田山泰勝寺[10]，成為出身京都妙心寺的大淵和尚的弟子，法號宗玄。三男松之助為與細川家有親緣的長岡家所收養。四男勝千代成為家臣南條大膳的養子。女兒有兩個：長女藤姬成為松平周防守忠弘的夫人；次女竹姬後來變成了有吉賴母英長的妻室。忠利是細川三齋[11]的三男，下面有三個弟弟：四男中務大輔立孝、五男刑部興孝、六男長岡式部寄之。妹妹有嫁給稻葉一通的多羅姬，還有嫁給烏丸中納言的萬姬。這個萬姬所生的禰禰姬變成了忠利嫡子光尚的夫人。長輩有姓長岡氏的兩位哥哥，還有姊姊二人，分別嫁入前野家與長岡家。早已隱退的三齋宗立仍然在世，今年七十九歲。這些家屬之中，有人像嫡子光貞那樣經常輪班住在江戶，也有人住在京都或其他更遠的地方。在外地接到訃聞後，當然不免悲歎；但身在熊本別邸當場的人，他們的哀傷，無疑更加悲切。向江戶藩邸的緊急報告，派了六島少吉與津田六左衛門二人，馬上動身上路。

三月二十四日有初七的儀式。四月二十八日，撬開館邸起居室的地板，搬出藏在下面的棺木，遵從江戶的指示，把遺體移到飽田郡春日村岫雲院[12]火化，然後葬在高麗門[13]外的山上。過了一年後的冬天，在山上宗廟下方加蓋護國山妙解寺，從江戶品川東海寺[14]，請來澤庵和尚的同門啟室和尚為住持。等到啟室在寺內臨流庵隱居之後，由忠利次男而出家的宗玄繼任，號天

9 濱松：在今靜岡縣西部，天龍川下游。江戶時代東海道重要驛站。
10 立田山泰勝寺：在今熊本市黑髮町四丁目。細川家菩提寺。京都妙心寺分寺，臨濟宗。
11 三齋：忠利之父細川忠興（一五六三—一六四五）之號，法名宗立。原仕織田信長，叛歸豐臣秀吉，最後臣事德川家康，屢建軍功。受封豐前國與豐後國之部分，祿三十九萬九千石。
12 岫雲院：在今熊本市春日三丁目。即太平山春日寺，臨濟宗大德寺派。
13 高麗門：從熊本城下新町往西南方唯一門口。門外有藩主、藩士之寺院與墓地。
14 東海寺：在今東京都品川區北品川。臨繼宗大德寺派。澤庵開基。

岸和尚。忠利的法號是利妙解院殿臺雲宗伍大居士。

火化的地方之所以選在岫雲院，是依從了忠利的遺囑。有一次忠利出外打水鳥，曾在岫雲院休息飲茶時，無意中發覺自己的鬍鬚長長了，便問住持有沒有剃刀。住持立即用盆子打了水，附帶一把剃刀，端了出來。忠利心情大好，邊讓小侍童刮著鬍子，邊問住持說：「怎麼樣，大概用這把剃刀剃了不少死人的頭吧？」住持不知如何回答，相當尷尬。從此以後，忠利與住持變成了摯友，所以才決定在岫雲院舉行火化。正在火化當中，在伴隨靈柩而來的家臣人堆裡，聽到有人忽然驚叫：「哎呀，有鷹、有鷹。」原來在淺灰色的低空下，寺苑內圓形石砌井垣周圍的杉林中，一棵已長嫩葉而下垂如傘狀的櫻樹上面，有兩隻蒼鷹繞著圈圈飛來飛去。而在人人嘖嘖稱奇之際，兩隻蒼鷹一前一後、尾喙相連，倏然落了下來，落入櫻樹下面的古井裡。這時，從原來在寺門前為某事爭辯不休的五六人中，衝出了兩個男子漢，直奔井邊，伏在石砌井欄上，凝視井中的情景。那時蒼鷹已經沈沒水底；從井壁叢生的鳳尾草間所能看到的水面，已恢復了原先的平靜。這兩個男人是馴鷹師。自投井底而死的兩隻蒼鷹是忠利所珍愛的有明與明石。當真相傳開後，可以聽到人人的竊竊私語：「那麼，連獵鷹都以身殉主了嗎？」

其實自主君逝世之後，到了前天，殉死的家臣已有十幾個人。其中前天有八人同時切腹，昨日又有一人。眾家臣之中，沒有一人不在考慮殉死的問題。雖然不知道那兩隻蒼鷹，如何乘隙逃離了馴鷹師的手臂，又如何追著無形的獵物似的飛入了井底，卻沒有一人有心去追究個中原因。獵鷹是主公的寵物，竟在火化當日，而且竟在火化之地的岫雲院，衝入井中而死；只要看到這些事實，便足以判斷獵鷹是殉死無疑。根本沒有置疑而另尋其他原因的餘地。

中陰[15]四十九日，於五月五日結束。在這期間，除了宗玄之外，有既西堂、金兩堂、天授庵、聽松院、不二庵等幾位僧侶，也都趕來誦經念佛。且

15 中陰：指人死後七七四十九天。或稱中有。

說，雖然五月六日都過了，但殉死的事件卻仍然時有所聞。殉死者本人及其兄弟妻小自不用說，連有些非親非故的外人，如接待京都鍼醫或江戶上使的人員，也忘記了自己重要的工作，心不在焉，腦子裡只管想著殉死的事。忘記了每年端午要折來插在簷前的菖蒲；還有把那些生了男孩的人家初次升鯉旗慶祝的喜事[16]，也彷彿忘得一乾二淨，家裡反而靜悄悄的，無聲無息。

所謂殉死，無關始於何時與如何，可說是一種自然形成的規矩。任何人不能因為敬重主公而感恩戴德，便可隨心所願，自決主動殉死。可比太平盛世的江戶參勤扈從，萬一碰到戰爭時，自願跟隨主公同赴疆場，相伴到黃泉冥途，也非得獲得許可不可。沒有許可而殉死等於白死[17]。武士最在乎的是世人的觀感，所以不肯死得不明不白。衝鋒陷陣、奮戰而死，固然值得欽佩；但若違背軍令，搶先赴敵而亡，便不算立功，等於白死。同樣，未經許可的殉死也是白死。不過，偶然也有這樣的人而不至於白死的，是因為君臣之間有知遇之感而互有默契，所以有許可或沒有許可也便無所謂了。佛祖涅槃之後興起的大乘之教，並沒有佛祖的許可，但對前今來三世無所不知的佛祖，已經預知會有這樣的教派出現了。沒有許可而敢於殉死，好像聽到了如來金口說法，宣示大乘之教將會來臨一般。

那麼，怎樣才能獲得許可？這次在殉死的人們之中，譬如內藤長十郎元續的請願手段是很好的例子。長十郎平時在忠利的書几旁勤務，格外受寵；一直留在忠利的病床邊，細心看顧。當忠利覺得自己康復無望時，囑咐長十郎說：「一到臨終時，請把寫著不二兩個大字的掛軸掛在枕頭邊。」三月十七日病情轉劇，忠利說：「把那幅掛軸掛起來。」長十郎遵囑掛上。忠利看了一下，暫時閉上了眼。過了片刻，忠利說：「腿好瘦。」長十郎緩緩捲起睡衣的下襬，一邊揉著忠利的腿，一邊凝視著忠利的臉。忠利也回瞥了一眼。

「長十郎有個請求。」

16　五月五日端午節，日人有屋前插菖蒲花之習，又替出生男孩昇鯉魚旗，以寓「鯉躍龍門」之意。
17　白死：原文犬死，當是日製漢字詞，謂徒死無益也。

「所求何事？」

「貴體違和，看似危篤。然而，在神佛加護、良藥功效下，虔誠祈禱早日完全康復。當然不免也有萬一。如果一旦有事，請吩咐長十郎我這個下人，永遠隨從左右吧。」

長十郎說著說著，輕輕擡起忠利的小腿，俯首貼在自己的額上。眼眶裡滿是淚水，閃閃發光。

「那可不行。」忠利說，移開一直對著長十郎的臉，翻了半個身，側看別處。

「請別這樣說。」長十郎又捧起了忠利的腿。

「不行就是不行。」忠利側著臉說。

在座的有人說：「年紀輕輕的，太冒失了。最好自我克制一下。」長十郎當年十七歲。

「懇求恩准。」長十郎喉嚨哽咽，把第三次捧起的小腿緊緊貼在額上。

「真是剛愎固執的小子。」聲音聽來好像在責備，但忠利說這話時，卻同時連連點了兩次頭。

長十郎應了一聲「是」，兩手緊抱著忠利的小腿，俯伏在病床旁邊，暫時一動也不動。剎那間，長十郎的心裡，彷彿終於通過了千辛萬苦的難關，好容易抵達了非去不可的終點一般，充溢著鬆弛與篤定之情；任何其他的事都進不了意識之中，連淚灑床鋪都渾然不知了。

長十郎年紀還輕，也沒立過甚麼突出的功名，忠利卻對他十分照顧，總是把他留在身邊。長十郎喜歡喝酒，有時難免舉止失態，要是別人定會被指行為不檢而受到責備；忠利卻只說：「那不是長十郎之過，是酒所犯之錯。」一而一笑置之。因此之故，長十郎總覺得非報答恩遇、補償過失不可；而在忠利病重之後，越想越確信，報恩補過之道，無他，唯有以身殉之而已。不過，如果深入這個年輕人的心中，仔細觀察，也看得出他自己以為非殉死不可的意念之外，其實同時幾乎還存在著一種深沈的顧慮。反正別人對他已有一定會殉死的先入之見，假如拖拖拉拉走上殉死之路，總覺得會被認為自己的殉死是出於人言可畏、無可奈何的行為。換句話說，如果自己不主動殉死的話，擔心會有遭受屈辱的憂慮。不過長十郎雖然有這樣的矛盾，卻毫無怯死的念頭。因此，當他向主公請求殉死的許可時，胸中沒有一絲芥蒂，全心全意展露了這個年輕人的膽識。

良久，長十郎覺察到，他用兩手抱著的主公的腿，似乎恢復了些力氣，稍有屈伸動作的徵象。大概又有酸痛的感覺了吧，趕快像剛才那樣輕輕地揉起主公的腿來。便在這瞬間，長十郎的心上浮現了老母與妻子的身影。於是想到：殉死者的遺族可以獲得上面的撫卹，可以讓家人享有安穩的地位，自己無後顧之憂，可以安詳赴死。這麼一想，長十郎的臉頓時轉晴，露出爽朗的神色。

四月十七日清晨，長十郎穿好衣服之後，來到母親面前，稟告殉死之事，並請准予訣別。母親一點也沒吃驚的樣子。那是對這種事雖然互相不便開口，而母親卻早已料到今天大概是兒子切腹的日子了。如果兒子說不要切腹，恐怕母親反而會大吃一驚吧。

母親把剛娶進門來的媳婦，從廚房裡叫了出來，問她準備好了沒有。媳婦立刻站起，回到廚房，自己一個人端出了久已備妥的杯盤。媳婦也與母親一樣，早就知道丈夫要在今天切腹殉身。她把頭髮梳得清淨貼切，穿著一套純樸合身的便裝。母親與媳婦的表情都顯得嚴肅沈著，只是媳婦的眼眶帶紅，可知她在廚房裡哭過。杯盤擺好後，長十郎叫弟弟平次過來。

四個人交杯換盞。酒過一巡之後，母親說：「長十郎呀，這是你喜歡的酒，多喝一點，如何？」

「果真是好酒。」長十郎說著，含笑重杯，心情好像很好的樣子。

過了許久，長十郎對母親說：「醉了，心情好極了。幾天來大概思前顧後，所以才比平時易醉。對不起，請讓我休息一下。」便站起走進起居室，躺了下去，打起呼來。妻子躡手躡腳跟了進去，拿出枕頭給長十郎枕上時，只聽他「嗯」的呻吟了一聲，翻了翻身，又打起呼來了。妻子一直凝視著丈夫的臉，忽然慌張地站起身來，匆匆走進了自己的房間；因為覺得絕對不能哭。

全家寂然無聲。家臣與女傭們，像母親與妻子一樣，雖然不說，也都知道主人的決定，所以從廚房那邊或從馬廄方面，都聽不到任何談笑。母親在母親的房裡，媳婦在媳婦的房裡，弟弟在弟弟的房裡，各自陷入沈思。主人依然在打呼睡覺。起居室打開的窗口，吊著葱草[18]，下垂風鈴。那風鈴有時會想起甚麼似的微微發響。下面有用大石頭挖雕的嗽洗淨水盆，上面扣著一把舀水的勺子，勺柄上停著一隻蜻蜓，左右翅膀垂下如山形，一動也不動。

一個時辰過去。兩個時辰過去。已過了午時。午餐已吩咐用人準備好了，只是不知婆婆到底會說要吃或要怎麼樣，媳婦覺得也許應該前去問一聲，卻又游移不前；她擔心會被認為自己只關心吃飯的事，沒了主意，不知如何是好。

便在此時，那位同意擔當介錯[19]的關小平次來了。婆婆叫出了媳婦。媳婦默默兩手伏蓆，問候安否時，婆婆說：「長十郎說要休息一下，時間可過得真快。正好關先生也來了。該去叫他起來了吧，如何？」

「是，正該如此。最好別讓他遲到太久。」媳婦說完，便立刻起身去叫醒丈夫了。

來到丈夫休息的房間，妻子與先前給墊枕頭時一樣，只管凝視著丈夫沈睡的臉。心裡想著，這一叫是要叫他去死，所以遲遲無法開口。

丈夫儘管沈睡著，對自庭院射進來的白晝的陽光，似乎也感到刺眼，所以翻身背著窗口，臉向著屋裡這邊。

「那個，夫君您。」妻子開了口。

長十郎並沒醒過來。

妻子膝行挨近，伸手放在那高聳的肩膀上。長十郎發出「啊，哎啊」一兩聲，伸出雙臂，張開眼睛，霍地站了起來。

「看您休息得很好。媽媽說怕您會不會遲到，才來叫醒您。還有，那位關先生已經來了。」

18 葱草：或稱葱苳，菊科，日本產。藥用、觀賞用。
19 介錯：有人切腹自殺時，擔任砍頭之人。

「是嘛。那麼，已到午時了？我以為只是暫時片刻，要怪我喝醉了，又太疲倦了，居然不知道時間的流逝。不過心情倒是滿好。吃椀茶水泡飯，然後該到東光院去了。麻煩妳跟媽媽稟報一聲。」

武士一到關鍵時刻是不會吃飽肚子的。不過，也不會以空腹去對付重大的事件。長十郎原來的確只想躺一下，不意竟酣睡過了頭；聽說已到午時，才想起要進食。於是在形式上，一家四口跟平時一樣，看著飯菜，開始了午餐。

長十郎保持鎮靜，做好了準備，便帶著關小平次，前往奉祀祖先的菩提寺東光院[20]，完成了切腹的儀式。

像長十郎一樣，平時蒙受恩惠的家臣當中，分別以不同方式懇求殉死而如願以償的，加上長十郎，共有十八人。都是深受忠利寵信的武士。在心坎裡，忠利真想讓這些人存活下去，以便輔佐兒子光尚；而且總覺得要這些人陪著自己一起死，實在殘忍不人道之至。然而，為甚麼對他們每個人的哀求，即使心如刀割，也不得不「准」其所請，其實有莫可奈何的苦衷。

忠利當然相信這些自己親近的人，的確不惜捨命報主。也知道他們並不以殉死為苦。反之，自己若是不許他們殉死，而讓他們存活下去，又將如何呢？所有家臣一定會認為他們該死而不死，是忘恩負義、懦弱無恥之徒，而羞與為伍。如果僅止於此，他們或許還會隱忍韜晦，等著能為光尚效命的機會。然而，如果有家臣不瞭解他們的忘恩負義、他們的懦弱無恥，其實是出於別有用心以待來日的苦衷，恐怕他們是絕對無法忍受的。不知他們會多麼懊悔難過。忠利這樣一想，便不得不說「准」了。當忠利非說這個「准」字不可時，總覺得比甚麼病痛都還難於忍受。

獲准殉死的武士已經達到十八人。在漫長的五十多年間，親身經歷過治亂興衰、澈底通達人情世故的忠利，即使在病苦之中，也深切思考著自己的死與十八個武士的死。有生必有滅。老朽的枯木旁邊，已有小樹欣欣向榮。

20 東光院：今熊本市東子飼町正法山東光院。原天臺宗，後屬日蓮宗。

在嫡子光尚周圍的少壯派眼裡，自己所用的那些老成人是可有可無的。甚至會變成累贅。自己實在很想讓他們繼續活下去，要他們像輔佐自己一樣輔佐光尚；然而，意欲輔佐光尚的似乎已出現了好幾人，而且虎視眈眈、一副不耐久等的表情。自己任用過的人，多年來在竭盡職責的過程中，難免會得罪別人。至少變成了人家嫉妒的對象。如此看來，如果叫他們勉強活下去，也許不是通達人情的想法。准許他們殉死說不定是一種慈悲。如此這般想著，忠利心裡好像得到了一些慰藉。

獲准殉死的十八人是：寺本八左衛門直次、大塚喜兵衛種次、內藤長十郎元續、太田小十郎正信、原田十次郎之直、宗像加兵衛景定、宗像吉太夫景好、橋谷市藏重次、井原十三郎吉正、田中意德、本庄喜助重正、伊藤太左衛門方高、右田因幡統安、野田喜兵衛重綱、津崎五助長季、小林理左衛門行秀、林與左衛門正定、宮永勝左衛門宗祐等人。

寺本直次的先祖是居住在尾張國寺本的寺本太郎。太郎之子內膳正出仕今川家[21]。內膳正之子是左兵衛。左兵衛之子是右衛門佐。右衛門佐之子與左衛門，在征伐朝鮮[22]時，隸屬加藤嘉明，立下了功勞。與左衛門之子即八左衛門，在大阪圍城[23]時，曾在後藤基次下面服役。應聘細川家後，受祿一千石，擔任五十挺步槍隊的頭領。四月二十九日在安養寺[24]切腹，五十三歲。藤本猪左衛門當介錯。

大塚種次是一百五十石的監視官[25]。四月二十六日切腹。介錯是池田八左衛門。

內藤長十郎的故事如前所述。

21 尾張國寺本：今愛知縣知多市八幡。今川家：駿河國守護，戰國時代大名。
22 征伐朝鮮：指文祿元年智慶長三年（一五九二—九八）豐臣秀吉征討朝鮮之戰。朝鮮方稱之為壬辰丁酉倭亂。
23 大阪圍城：原文大阪籠城。指慶長十九至二十年（一六一四—一五）德川家康大敗豐臣氏於大阪城之戰。
24 安養寺：原為細川忠興自丹波移至小倉之泰巖寺分寺。經八代之後，移建於熊本。
25 監視官：原文横目役。官吏職稱，從事監視檢舉官員、武士之言行。

太田正信的祖父傳左衛門出仕加藤清正[26]。（清正的長男）忠廣被撤封後，傳左衛門與其子源左衛門便成了浪人。小十郎是源左衛門的次子，成為忠利的小侍童，受祿一百五十石。是殉死第一人，三月十七日在春日寺[27]切腹，十八歲。擔當介錯的是門司源兵衛。

原田之直是俸祿一百五十石的近侍。四月二十六日切腹。介錯是鎌田源太夫。

宗像景定、景好兄弟是宗像中納言的後裔，在親清兵衛景延之世應召出仕。兄弟食祿各二百石。五月二日兄在流長院、弟在蓮政寺[28]切腹。兄的介錯是高田十兵衛；弟的介錯是村上市右兵衛。

橋谷重次，出雲國人，是尼子[29]的後代。十四歲時出仕忠利，成為俸祿一百石的側近侍從，專職食物試毒。忠利病重時，曾以橋谷的大腿為枕而入睡。四月二十六日在西岸寺[30]切腹。正要切腹時，微微聽到城上傳來的鼓聲。橋谷命令跟來的下屬到外面去問一問是甚麼時辰。下屬回來說：「只聽到了後面四響，總共敲了幾次並不清楚。」橋谷以及在座的人都微微笑了一下。橋谷說：「臨終還讓我暢懷一笑。真好。」於是把外褂交給下屬，便進行切腹了。介錯是吉村甚太夫。

井原吉正的祿米[31]是十石。切腹時，由阿部一右衛門的家臣林左兵衛當介錯。

田中意德是留下《阿菊物語》[32]的作者阿菊的孫子，是忠利往愛宕山[33]就學時的幼年朋友。當時忠利有出家之想，意德私下曾加以勸阻。後來成為

26 加藤清正（一五六二—一六一一）：織田信長、豐臣秀吉時代武將。關原之戰為德川軍主力。戰後受祿肥後一國五十四萬石，敘任從四位下肥後守。
27 春日寺：即岫雲院。
28 流長院、蓮政寺：廣德山流長院，曹洞宗。妙光山蓮政寺，日蓮宗。皆在熊本市區。
29 尼子：戰國時代霸據出雲、伯耆二國地區（今島根、鳥取縣）之大名。
30 西岸寺：在今熊本市下通二丁目。
31 祿米：原文切米，指家臣不受封地，只領米糧實物以為薪俸。
32 阿菊物語：大阪城陷落後，豐臣秀吉側室淀君之女侍阿菊，回憶會戰時城內情況之故事集。
33 愛宕山：在今京都市西北部，有愛宕神社、月輪寺等寺社。

俸祿二百石的近侍，以擅長算術而受到重用。年老之後，准予在君前披戴頭巾盤腿入座。他知道即使請求剖腹殉死，也絕對不會獲得恩准。於是在六月十九日，先把短刀戳入腹肌後，提出申請，果然奏效。加藤安太夫是他的介錯人。

本庄重正是丹後國人。在流浪中，為三齋公家的執事本庄久右衛門所遇而加以雇用。曾在仲津[34]制伏過凶狠的暴徒，成為祿米十五石的武士。從那時起改姓本庄。四月二十六日切腹。

伊藤方高是支領祿米的內宅總管。四月二十六日切腹。介錯是河喜多八助。

右田統安原是大伴家[35]的流浪武士。忠利加以禮聘，俸祿一百石。四月二十七日在自宅切腹，六十四歲。介錯是松野右京家下屬田野勘兵衛。

野田重綱是天草家的家老[36]野田美濃之子，應徵為支領祿米的武士。四月二十六日在源覺寺[37]切腹，介錯是惠良半衛門。

津崎的事下面會談到。

小林行秀的祿米是十石。切腹時，高野勘右衛門當介錯。

林正定本來是南鄉下田村的百姓，忠利請他過來擔任花畑館邸庭園的主事。四月二十六日在佛巖寺[38]切腹。介錯是仲光半助。

宮永宗祐是祿米二十石的廚房官員，是搶先申請殉死的第一人。四月二十六日在淨照寺[39]切腹。介錯是吉村嘉右衛門。

這些人殉死之後，有的各別葬在自家的菩提寺，但也有葬在高麗門外山中的宗廟墓場的。

殉死的人以支領祿米的居多。其中津崎五助長季的事蹟格外有趣，所以

---

34 仲津：今大分縣中津市。細川忠興（三齋）曾居於此。
35 大伴家：即大友家。戰國時重要九州大名，領地為豐後國（今大分縣）。後為豐臣秀吉所沒收而廢藩。
36 天草：肥後國本渡城主天草伊豆守種元。家老：藩主家臣之長，統轄武士、總管家務。
37 源覺寺：在今熊本市船場二丁目。淨土宗。
38 佛巖寺：在今熊本市二丁目。淨土真宗。
39 淨照寺：即淨剩寺，在熊本市本莊町。淨土真宗。

特別在這裡另行講說。

五助是忠利的牽狗小吏，只領六石祿米。每有巡行狩獵，必定隨行野外，深得忠利的寵愛。雖然死纏活纏，好不容易獲准殉死，但家老們都說：「其他各位都是蒙受高祿，享盡榮華的人，而你只不過是主公的牽狗員，不是嗎？你的志氣可謂殊勝之至；主公的恩准的確是無比的榮譽。到此為止，夠了夠了。請別儘想著殉死，希望你留下來伺候當今的主公。」

五助怎麼都聽不進去。五月七日牽著經常隨行的那條獵狗，前往追廻田畑的高琳寺[40]。妻子送他到門口，說：「你也是個男子漢，可別輸給那些高官顯貴呀。」

津崎家向以往生院為菩提寺，但聽說往生院與上面有些因緣，有所顧忌，才改定高琳寺為赴死之地。五助一進墓場，見到要當介錯的松野縫殿助早已來到等在那裏了。五助取下掛在肩上的淺藍色袋子，掏出飯盒，打開蓋子，只見裡面有兩個飯糰。拿出來放在獵狗面前。狗並不想吃，只管搖著尾巴，瞪著五助的臉。

五助像對人一樣對狗說：「你是畜生，也許還不知情，那位摸過你的頭的老爺已經去世了。那些蒙受恩典的顯赫高官都切了腹，到冥間奉陪去了。雖然我只是個小小的小吏，但一直有祿米維持生活，感恩戴德之情，與高官並無不同。得到老爺的寵信也一樣。所以我今天也要切腹而死。我死之後，你會變成無依無靠的野狗。我覺得好可憐啊。陪伴老爺的獵鷹在岫雲院投井殉死了。怎麼樣，你想不想跟我一起殉死？如果想當野狗而苟延殘生，就把這個飯糰吃了；如果想死，就別吃。」說罷，看著狗的臉，狗也只管看著五助的臉，沒動口去吃飯糰。

「那麼你也想死嗎？」五助說，瞪眼凝視著狗。

狗吠了一聲，搖起尾巴來。

「好好。那麼，雖然可憐，就讓我倆都一死了之吧。」五助說著，把狗抱起來，拔出短刀，一刀刺了進去。

40 高琳寺：在今熊本市下通一丁目。已燒失。

五助把狗的屍體放在身邊。然後從懷裡拿出一張紙，鋪在面前，還用小石頭當文鎮壓好。不知在誰家宅邸的歌會上學來的，把紙橫摺兩半，寫著一首像短歌的手稿：「家老大爺說，夠了該停住；想停卻不能，就是這五助。」沒有署作者之名。因為歌中已有五助兩字，才覺得沒有重提名字的必要吧。天真的想法卻正合古來詠歌的規矩。

五助覺得都準備好了，萬無一失，說：「松野先生，麻煩你了。」於是安穩坐好，放鬆筋骨。拿起沾著狗血的短刀，逆向對著自己，大聲說道：「不知那些馴鷹師怎麼樣？現在我牽狗官來了。」而且爽朗一笑，把腹部切成十字。松野從背後砍斷了他的頭。

五助的身份雖然低下而殉死，遺族一樣享有適當的撫卹津貼；因為獨生子從小出了家，便由他的寡婦受領終生撫卹。寡婦所得是五人份的祿米，又獲賜房地住宅，活到忠利第三十三次忌辰那一年。五助的外甥有個兒子，繼承了津崎家為五助二代，以後代代都在文書組供職。

在忠利准予殉死的十八人之外，還有一個叫阿部彌一右衛門通信的家臣。初姓明石氏，幼名猪之助。長久以來一直在忠利身邊伺候，是擁有一千幾百石的身份。島原之亂時，在五個兒子之中，竟有三個因軍功而各得俸祿二百石。家臣們都想彌一右衛門一定會殉死，他自己每次輪到夜班陪侍主公時，也一再懇求准予殉死。然而忠利無論如何也不肯答應。

「汝之心志無懈可擊，不過還是請活下去，勉為其難好好輔佐光尚吧。」不知懇求過多少次，所得的都是同樣的答覆。

原來忠利有不喜歡聽彌一右衛門說話的癖性。很早以前，彌一右衛門還以幼名猪之助當侍童時，每次請示「可以進膳了嗎」，忠利總說「肚子還不餓」。但別的侍童請示時，卻回答：「好，端出來吧。」忠利一看到這個男人，反感便會油然而生。既然如此，會不會時常加以訓斥呢？卻又不然。沒有人是像彌一右衛門那樣勤謹從公，萬無一失的，所以想罵他也無從罵起。

別人都等上面有交代才辦事，彌一右衛門則不等交代便已辦好。別人辦事總要先行報備，彌一右衛門則辦完了事也不做報告。然而，他所做的事總是深中肯綮，無所間然。彌一右衛門做事似乎只憑意氣。起先忠利看到他的臉，便不由得引起反感；後來知道他慣於意氣用事，覺得更加可憎。固然可憎，聰明的忠利卻也不忘反求諸己，才發覺到彌一右衛門之所以如此，恐怕自己在無意中也有唆使之嫌。因此也曾想改變他自己的偏見，只是談何容易，歲月如流，一拖再拖，終究改變不過來。

只要是人，誰都有喜歡的人與討厭的人。不過，如想仔細探討為甚麼喜歡或討厭，常會找不到任何確切的原因，多半是捕風捉影使然。忠利之不喜歡彌一右衛門，是出於同樣的道理。然而彌一右衛門這個男人，無疑的有讓人不能親近的地方。這從他沒甚麼親近的朋友便可知道。誰都尊敬他是個傑出的武士，卻沒人願意輕易地跟他親近。偶而有好奇的人試著接近他，但過不多久，便會失去耐性而疏遠起來，不了了之。此外，還在叫猪之助的垂髫時代，聽一個常常找他聊天、幫他辦過事而上了年紀的人說：「阿部這個人簡直無隙可乘。」而大為折服。由此看來，忠利有意改變自己對他的偏見而改變不過來，也不足為奇了。

總之，彌一右衛門多次請死而不蒙恩准，一拖再拖，忠利終於過世了。在忠利過世稍前，彌一右衛門又懇求說：「小臣彌一右衛門從未有過任何請求。這是平生唯一的請求。」說罷，瞪眼凝視著忠利的臉，忠利也瞪眼回去，信口說：「萬萬不可。請留下來伺候光尚吧。」

彌一右衛門反躬自省，下定了決心。他想在這時候，以自己的身份不殉死而苟活於世，繼續與其他家臣見面，百人中有百人絕對會不以為然。明知除了切腹自死或離開熊本而成浪人之外，別無其他可行之路。可是我是我。好吧。武士與人妾不同。不能因為不受主公寵幸，便放棄自己的立場。這樣想著，一天又一天，還是照常上班出勤。

不久，到了五月六日，那十八人都殉死了。熊本城裡到處流傳著有關死者的風言風語。誰在死前說了甚麼話，誰的死法比誰漂亮；除此之外，彷彿世間無他事似的。過去在公事之外，願意跟彌一右衛門攀談的人本來就很少；自從五月七日以來，每次上殿裡的事務處，更覺孤立寂寥。而且他知道同事都在看著他，只是都裝著沒在看。他知道有人悄悄地從側面斜眼看他，有人在背後指指點點。實在令人不快，不勝難堪之至。他想：自己並不是貪生怕死之徒，即使極端討厭我的人，也不至於說我是惜命的男人吧。只要准我殉死，當下立刻就死給你們看。這樣想著，他仰起頭來，昂然離開了事務處。

過了兩三天，彌一右衛門開始聽到些不堪入耳的謠言。不知是誰起頭的，謠言說：「阿部得不到准許，反而僥倖地活著；得不到准許，也沒有不能切腹的道理啊。阿部的肚皮顯然與人不同。可用葫蘆塗油而切之，就對了。」彌一右衛門聽了，一種出乎意外的想法浮上腦際。要說壞話就盡量說吧。但我彌一右衛門，不管豎看橫看，怎麼看也看不出是個貪生怕死的人。誠然，人家怎麼說就會變成怎麼樣。既然如此，好吧，我就用葫蘆塗上油，把肚子切開來給大家看看。

那一天彌一右衛門下班之後，立刻派人出去，請住在別處的三男與四男到山崎[41]邸宅來。他把起居室與客廳的拉門通通除去，讓嫡子權兵衛、次子彌五兵衛，還有垂髫的五男七之丞三人坐在身邊。主人則正襟危坐，似有所待。權兵衛幼名權十郎，島原之亂時立了軍功，恩賜俸祿二百石。可說是個與父親不相上下的有為年輕人。有關這次的事，他只問過父親一次：「許可還沒下來吧？」父親回說：「嗯，沒下來。」此外兩人之間再也沒有任何交談。父子之間靈犀相通，彼此心照不宣，說甚麼話便顯得多餘了。

不久，有兩盞燈籠進入門來。三男市太夫、四男五太夫兩人幾乎同時出現在玄關，脫下雨具，進入了屋裡。自中陰七七隔日以來，霪雨連綿，梅雨陰天一直沒放晴過。

障子拉門雖然都打開了，仍極悶熱。無風。但燭台的火卻搖晃著。有一隻螢火蟲在樹叢間穿來穿去，終於飛走不見了。

主人環視了全座人等。開口說：「夜間緊急召集，大家都來齊了，很好。有關我家的謠言滿天飛，你們一定也聽到了。還說要我彌一右衛門可以用塗了油的葫蘆切開肚子，不是嗎？那麼，我就聽從他們的話，現在要在葫

41　山崎：今熊本市山崎町、辛島町、花畑町。當時多武家宅第。

蘆上塗油，拿來把肚子切開。請大家看清楚了。」

市太夫與五太夫也在島原都立過軍功，恩賜俸祿各二百石，現在分別都有自己的宅第。其中市太夫早就在幼主身邊伺候，可以說是世代交替之際令人羨慕的人物。市太夫膝行而前，說道：「原來如此。這就明白了。實話實說吧，朋輩都說：聽說彌一右衛門大人服膺前代遺命，留下來繼續輔佐新主；幾個兒子的職位也照舊不變。真是可喜可賀啊。他們的話似乎意在言外、另有所指。語氣怪怪的，真叫人不耐煩。」

父親彌一右衛門笑了。「就是呀，錯不了。別理會這些眼光如豆、見近不見遠的傢伙。那麼，當他們知道我這個不准死的人也殉死了，又會說你們是不准殉死而死的人的兒子，而繼續加以侮辱。生為我兒是你們命中註定，無可奈何。受辱時就一起受吧。兄弟間不許發生內訌。好了，仔細看看用葫蘆切腹的樣子。」

彌一右衛門交代了這些話後，便在兒子面前切了腹，又自己從左到右刺穿了脖子。死了。五個兒子一直猜不透父親召集家人的用意，這才恍然大悟。當然難免悲慟不捨，然而同時也覺得，好像開始脫離了日來忐忑不安的心境，卸下了一副重擔似的，鬆了一口氣。

「哥哥，」次男彌五兵衛對嫡兄說：「父親交代兄弟間不許內訌，應該誰也沒有異議吧。我自己在島原表現不佳，沒得到甚麼俸祿，所以此後恐怕得麻煩您照顧了。可一旦有事，我就是您手下一挺可靠的長槍。請這樣看待弟弟，如何？」

「那還用說。固然世事難料，我所受的俸祿也就是你的俸祿。」說著，權兵衛抱著胳臂，皺起了眉頭。

「可不是嘛，世事真是難料啊。一定有不懷好意的人會說，父親的切腹並沒獲得上面的准許，不算殉死。」這樣說的是四男五太夫。

「那是顯而易見的。無論遭到甚麼困難，」三男市太夫說著，一邊望著權兵衛的臉，「無論遭到甚麼困難，兄弟絕不可離心離德，變成敵手；一定要堅定團結，向前邁進。」

權兵衛「嗯」了一聲，拘板的表情依然緊繃繃的，沒有鬆懈下來的樣子。權兵衛儘管心疼手足，卻是個不會說體貼話的男人。做任何事都喜歡自己思考、自己動手，不大徵求他人的意見。因此彌五兵衛與市太夫才那樣提醒他。

「各位哥哥都說要團結起來，一起行動，別人大概也不敢隨便說爸爸的壞話了。」這是垂髫的七之丞開口說的。雖然像女人的聲音，但帶著強烈的信念，一座莫不動容，彷彿一道光明照亮了心中陰暗的前途一般。

「那麼，該去向母親稟告，請她讓女眷都離開家裡。」權兵衛說著，從座位站起身來。

從四位下侍從兼肥後守光尚完成了繼位儀式。對家臣各有封新地、增俸祿或調職位之舉。其中，殉死武士十八人的家庭則由嫡子繼承父親的職位。只要有嫡子，年齡再小也算數，不會遺漏。寡婦與老父老母則可領撫卹俸祿，還可獲得房屋與宅地，連營建工程上面都有妥善的安排。這都是前代特別受寵的人家，奉陪主公到冥府旅行的代價，所以其他家臣儘管羨慕，卻不會感到嫉妒。

然而，阿部彌一右門的遺族在家業繼承上，卻受到一種極不尋常的處分。嫡子權兵衛不准獨自繼承父親的家業，而把彌一右衛門的一千五百石俸祿，化整為零，平分給了弟弟他們。其實，如果把一族的俸祿加在一起，總額並沒有改變，只不過繼承家業的權兵衛，身份卻變低了。不用說，權兵衛的肩膀變窄了。幾個弟弟各人的俸祿固然增加了，但向來依靠的本家有千石以上的體面，如同一棵大樹可以庇蔭全家；現在則小樹比肩，看似可喜，卻變成了一堆難兄難弟。

政道只要基於踏實正常，應該就不會有歸咎於誰的問題。但一旦有不合常規的處置，就會引起誰在幕後指使的議論。新主有一個常在身邊的倖臣、人稱林外記的監察長官[42]。有小聰明，新主在少主時代，很會曲意逢迎、投

42 監察長官：原文大目附，藩政所設管轄大小監察官（目附）之長官。林外記（？—一六四九）：名元智。號外記。慶安二年（一六四九）八月，在藩邸為佐藤傳三郎所殺。

其所好，成為意氣相投的伴侶。然而對於政務的處置，往往不夠周延，眼光能力皆有所不逮，動輒時有苛刻的傾向。他認為阿部彌一右衛門的切腹，並未獲得先主的許可，因此在真殉死者與彌一右衛門之間，不得不劃出一條界線。於是獻上了分割阿部家俸祿的對策。光尚雖然還算是個有遠慮的國主，但剛剛登位，對國事尚未熟悉；而且與彌一右衛門或嫡子權兵衛沒甚麼交情，缺乏體貼關懷；只注意到這樣會給自己親近的手下市太夫增加俸祿，所以便採取了外記的建言。

十八個武士殉死之時，身為近侍的彌一右衛門居然沒有殉死，家臣之中便有不以為然而嗤之以鼻的。不過在僅僅兩三天之後，彌一右衛門堂堂切腹了。且不談此舉是否適當，一旦受過的侮辱實在很難消弭於無形。果不其然，稱讚彌一右衛門的一人也無。其實，上面既然准許彌一右衛門的遺骸葬在宗廟的墓園，在家業的繼承問題上，只要比照其他殉死者同樣辦理，即可圓滿解決，不必故意劃出甚麼界線加以區別。那樣的話，阿部一族人人臉面有光，定會忠實勤奮，繼續輔佐新主吧。然而，由於上面意外做了降級處分，其他家臣對阿部一家的污衊抹黑言行，好像變得事出有因、理所當然了。權兵衛兄弟漸漸被朋輩疏遠，過著怏怏不樂的日子。

到了寬永十九年三月十七日，是前代主公的第一週年忌辰。御廟旁邊的妙解寺尚未建成，但有一座廳堂名叫向陽院，安置著妙解院殿的牌位，由法號鏡首座的高僧當住持。在忌日之前，紫野大德寺天祐和尚[43]已自京都南下。週年忌的活動好像要辦得有聲有色。一個多月前，熊本的城下街便忙著在做準備了。

當天終於到了。亮麗的天氣。御廟旁有盛開的櫻花。向陽院周圍拉著幃幕，有步卒巡迴警衛。當今國主親自到場，先給先主牌位上香之後，接著給殉死者十九人的牌位上香。然後殉死者的遺族輪流上香。在此同時，穿細川家家紋禮服者都拜領了同款禮服與時裝。騎馬衛兵是武士禮服，下級武士是

43　天祐和尚（一五八六—一六六六）：天祐紹果。臨濟宗大德寺第一百六十九世住持，謚佛海祖燈禪師。

武士上裝。庶民則拜領了香錢。

儀式順利完成了。但在進行中發生了一件離奇的事。當阿部權兵衛代表殉死者遺族之一，依座次走到妙解院殿的牌位前，燒了香退回來時，抽出短刀割下了自己的髮髻，供在牌位前面。在當場勤務的武士們，忽然看到如此意外的變故，驚呆之餘，不知所措，一時茫無頭緒。等到權兵衛若無其事般退下五六步時，有一個武士才醒悟了過來，喊了一聲：「阿部大人，請等一等。」追上去摟著攔住了。接著有兩三個人走過來，把權兵衛帶進了另一間房裡。

權兵衛回答警衛的詢問是這樣的：諸位貴大人也許認為某是個瘋子，不然不然，完全猜錯了。父親彌一右衛門終生夙夜在公，潔身律己，毫無瑕疵；雖然沒有獲得先主公的許可而切腹，但還是蒙恩陪祀在殉死者之列；連我這個遺族某都可排在別人之前，上去給主公牌位上香致誠。然而上面似乎認為某不肖，難於繼承父親同樣的職責，所以把俸祿化整為零，分配給幾位弟弟。我某對先主對今主對亡父對一族大小對朋輩，面目盡失。千思萬想，左右為難。今天輪到某向牌位上香時，突然間感慨萬千、胸次鬱結，當下決心放棄武士身份。時地不宜，無暇顧及，罪不容誅，甘願受罰。最後還一再強調他自己並沒有發瘋。

光尚聽了權兵衛的答問，覺得相當不快。第一、對權兵衛冷語譏諷的言行態度，感到不快；第二、對自己聽從外記的話做了不該做的事，感到不快。二十四歲年輕的主公，血氣方剛，抑情制欲的工夫仍然有所不足。缺乏以德報怨的寬大襟懷。立刻下令把權兵衛羈押起來。彌五兵衛等一族的人聽到消息，決定關起門來，聽候上面的指示。夜間兄弟等人聚在一起時，總會為了一族的前途，悄悄討論如何應付目前的遭際。

阿部一族商量的結論是：決定拜謁這次為先主週年忌南下而滯留未歸的天祐和尚，請他高擡貴手，居中斡旋，希望有轉圜的餘地。市太夫隨即到和尚所住的旅館去，把事件發生的始末一五一十地說了一遍，懇求和尚幫忙，看看上面能否減輕對權兵衛的處分。和尚凝神聽了之後，說道：恭聽府上一家的遭遇，千難萬難，值得同情。然而關於上面的政策不便說三道四。只不過萬一對權兵衛大人有賜死之議，老衲一定會進言勸阻，奏請饒他一命。尤其是權兵衛大人自己斷了髮髻，已經是形同桑門[44]之身。總之，無論如何，救命之事一定設法向上進言，云云。市太夫心中感到踏實，回家了。一族的人聽了市太夫的報告，都覺得彷彿看到了一條活路。然而，一天過了又一天，天佑和尚返京的日期越來越近了。和尚每次與國主見面，總是等著上報的機會為阿部權兵衛請命。只不過一直等不到那種機會。那是事出有因的。光尚是這樣想著：若在天祐和尚逗留期間處理權兵衛的案件，他肯定會出來勸阻請命。大寺的和尚的發言豈可等閒視之、置若罔聞？因而準備在和尚離去之後，再來處置。和尚終於徒然離開了熊本。

天祐和尚剛離開熊本，光尚便把阿部權兵衛拉到水壩口[45]砍頭了。這是對他敢於不敬先主牌位、不畏頂頭上司的處分。

彌五兵衛等一族人開會商量。權兵衛的所作所為也許不合情理，但是無論如何，亡父好歹也算在殉死者之列；身為繼承人的權兵衛如果獲判賜死，也無可奈何；只要讓他像個武士，賜他堂堂切腹而死，當然沒有異議，無話可說。然而到底有何道理，卻在光天化日之下，把他當強盜或甚麼似的處之以砍首之刑？以此類推，也不會允許阿部一族過安穩的日子。縱使再沒有其他處置的命令，族中有人被砍首的一族之人，將有甚麼面目雜在朋輩當中，為國效命？既然到了這個地步，等於無路可走。父親彌一右衛門留下的遺言：無論遇到甚麼情況，兄弟絕不可分裂內訌。指的便是這個時候。結果，得到了族人惟有一起面對困境、攜手赴死、別無選擇的共識。全體無異議通過。

阿部一族把各家妻小集合起來，都搬進了權兵衛在山崎的邸宅，開始做抵死抗拒的準備。

阿部一族異乎尋常的舉動，上面聽到了。密探出去偵查。山崎宅邸的門戶都緊閉著，無聲無息。市太夫與五太夫的家空空如也。

決定了討伐的部署。側者頭[46]竹內數馬長政為正門指揮官，小頭添島九

---

44 桑門：同沙門。泛指佛門出家修道者。和尚。
45 水壩口：原文井手口。在今熊本市大江町，為自熊本經阿蘇至大分縣竹田市之道路起點。

兵衛與小頭野村庄兵衛隨其後。數馬是俸祿一千一百五十石的三十挺步槍隊的頭領。世襲武官乙名島德右衛門為扈從。添島與野村當時都是一百石。後門的指揮官是食祿五百石的側者頭高見權右衛門重政，也是步槍三十挺的頭頭。隨其後者有監察畑十太夫與竹內數馬的小頭、當時一百石的千場作兵衛。

討伐訂於四月二十一日發動。前一天晚上便派夜哨在山崎宅院周圍巡邏。夜深，有一個武士模樣的蒙面人，從裡面爬過圍牆出來，被佐分利嘉左衛門巡邏組的步卒丸山三之丞射殺了。其後到黎明平靜無事。

上面對阿部的近鄰已預先下了兩道指示：即使輪流值班的人也要留在家中，注意防火，不可疏忽職守，此其一；嚴禁非正規兵卒潛入阿部宅院介入爭端，若看到逃竄者，可隨意殺之，此其二。

阿部一族於前一天聞知發動討伐的日期，便先把邸內每一個角落打掃得乾乾淨淨，又把礙眼的物品悉數燒毀。然後一家老少聚在一起進了酒食。然後老人與女人個個自殺，童男幼女人人刺死。然後在庭院裡挖了個大坑，埋好了所有的屍體。剩下的都是身強力壯的年輕人。聽彌五兵衛、市太夫、五太夫、七之丞四人的指示，在拆掉拉門的大廳裡集合部屬，敲鐘擊鼓，高聲念佛，等待黎明。表面上這是為了哀悼老人與妻小之死，其實用意在遏止屬下的膽怯心虛。

阿部一族閉門迎戰的山崎邸宅，後來成為齋藤勘助的住家。對面是山中又左衛門、左右緊鄰是柄本又七郎與平山三郎的居處。

其中柄本家是天草郡三分後的柄本、天草、志岐三家之一。小西行長治理肥後半國時，天草與志岐犯罪被誅，只留下了柄本，改仕細川家。

又七郎平生與阿部彌一右衛門一家關係親密，兩家主人不用說，連妻子兒女也互有來往。其中，彌一右衛門的次男彌五兵衛是耍槍能手，又七郎也有同樣嗜好，兩人親近到曾經誇口互槓：「您再厲害也比不過我。」「非

46 側者頭：藩之軍團有御側組（近衛軍），置側物頭八人、其下各有小頭八人、每小頭下有足輕（步卒）一百人。

也，我怎麼會輸給你呢？」不止一次。

且說，前代國主病重期間，彌一右衛門請求殉死而不獲首肯；從那時起，又七郎便體察到彌一右衛門的胸懷，而覺得可憐可憫。然後陸續聽到彌一右衛門的事後殉死、家業繼承人權兵衛在向陽院的行為、隨之而受到的砍首之刑、彌五衛門兄弟一家的堅持對抗事件，禍不單行；只見阿部家一步一步走向厄運，又七郎心摧肝裂，不下於阿部家人。

有一天又七郎吩咐妻子，夜闌後去看望阿部一家的住處。阿部一族背叛了主上，正在閉門抗拒，男人當然不便出面交往。然而只要知道這一串事件的來龍去脈，絕不至於憎惡阿部一族，把他們看成壞人。何況是多年來的至交。又七郎想來想去，覺得以婦女之身暗中密訪，即使日後被人發現，也不難推脫辯解，所以才敢叫妻子去走一趟。妻子聽了丈夫的話，高高興興地準備了合適的禮物，在夜深人靜後潛入了鄰家。她是個相當剛毅的女人，下定了決心：要是日後有人發覺這件事，有罪自己承擔，絕不可牽連到丈夫身上。

阿部一族驚喜無限。正值花開鳥喧的陽春季節，而我家卻不幸見棄於神佛與人間，只得蟄居困守，而居然有人偷偷來探訪。吩咐妻子的丈夫，聽從丈夫的妻子，丈夫的俠骨、妻子的義氣，實在難能可貴，令人感動。女眷們流著眼淚哀求說：淪落到這個地步，即將死去，世上沒人會來誦經念佛，萬一記起來的話，請為我們祈求冥福吧。孩子們因為不能走出門外一步，看到平時和善可親的柄本媽媽來了，從左右兩邊纏住她，不肯輕易放她回去。

到了討伐阿部宅邸的前夕。柄本又七郎左思右想，阿部一家與自己有親密的緣分，所以才不顧日後可能惹火燒身，吩咐妻子去探視。然而討伐軍明晨便要到阿部家來。這是主上討伐逆賊的戰事。雖然上面有指令說鄰居要注意防火、不得介入爭端，但身為武士遇到這種情況，豈能袖手旁觀？情是情、義是義。他總覺得自己負有一種特殊的任務。於是在更深人靜後，躡手躡腳從後門進入陰暗的庭院，把與阿部家隔界的竹籬笆上的結繩一一剪斷了。然後回到屋裡，整好了裝，取下了橫在門框上面的短槍，拂拭了繡有鷹羽紋的槍套，等著黎明的來臨。

奉命擔任討伐阿部宅院的正門指揮官竹內數馬，顯赫的武道門第出身。先祖是細川高國的手下而以強弓知名的島村彈正貴則。享祿四年[47]高國在攝津國尼崎敗戰時，彈正兩腋挾著兩個敵人跳海而死。彈正之子市兵衛曾出仕河內國的八隅家[48]，因而一時自稱八隅；後來奉命領有竹內越[49]，改姓竹內。竹內市兵衛之子吉兵衛服事小西行長[50]，因在水攻紀伊國太田城時立了功，蒙豐臣太閤[51]賜以白練紅日的軍用外褂一襲。征伐朝鮮時，當小西家的人質，在朝鮮李朝王宮[52]被關三年之久。小西家滅亡之後，一度接受加藤清正的徵召，俸祿一千石。但與主人吵了一架，大白天裡退出了熊本城下。為了防備加藤家的追擊，撤退時叫屬下步槍隊裝好子彈、點燃火繩。其後應細川三齋之聘長駐豐前，俸祿千石。這個吉兵衛有五個男孩：長男名叫矢張吉兵衛，後來剃髮出家，法號八隅見山。次男七郎右衛門、三男次郎太夫、四男八兵衛、五男便是數馬。

數馬當過忠利的侍童，島原之亂時隨在主公身邊。寬永十五年二月二十五日有細川部屬叛變、侵佔城堡時，數馬向忠利懇求道：「請派在下當前鋒。」忠利不聽。數馬死皮賴臉一再哀求。忠利不耐煩，生氣了，大聲說：「小鬼，隨你便吧。」數馬當時十六歲。「是」了一聲，轉瞬間奔向前方而去。忠利望著他的背影，不禁高聲叫喊：「別受傷啊。」乙名島德右衛門、攜草鞋兵一人、持槍卒一人，隨在其後。主從共四人。城內打來的槍彈非常猛烈，島德右衛門抓住了數馬所穿猩紅色外褂的下襬。數馬掙脫了拉扯，開始攀登城堡的石牆。島德右衛門無奈，只好跟著爬上。終於進入了城內，開始使出本事。數馬手腕受傷。從同處攻進來的柳川立花飛驒守宗茂，是七十

---

47 享祿四年：當西曆一五三一年。當時為室町（足利）時代。

48 八隅家：即安見家。統轄河內國郊野郡（今大阪府）之豪族。

49 竹內越：在今奈良縣與大阪府之境，江戶時代為來往河內國與大和國之要衝。

50 小西行長（？—一六〇〇）：織田信長、豐臣秀吉時代武將，封攝津守。基督教徒。關原之戰敗於德川軍，被捕，受斬於京都六條河原。

51 豐臣太閤：即豐臣秀吉（一五三七—九八）。天政十三年（一五八五）水攻太田城（今和歌山市太田）時，吉兵衛助戰有功。

52 李朝王宮：當時朝鮮國王李氏宮殿，在今首爾。

二歲老武士，目睹當時交戰的實況，認為渡邊新彌、仲光內膳與數馬三人，功勞卓越，還向三人送了聯名的感謝函。城堡之戰平定之後，忠利把關兼光的腰刀賜給數馬，加贈俸祿為一千五百石。腰刀長一尺八寸，直紋無銘、橫銼、柄上雕九曜釘帽成三排、赤銅緣、金飾。有兩個釘帽穿洞，其一用鉛塞住。忠利自己喜歡這把刀，珍藏已久。賜給數馬後，登城時或在其他場合，常常會叫：「數馬，借用一下那把腰刀。」而借來插在腰上，不止一兩次。

數馬奉光尚之命討伐阿部一族之後，回到值班室。有一個朋輩低聲說：「奸人也有了不起的地方。派您在正門指揮討伐，林外記大人這一招好厲害。」

數馬側耳傾聽。「甚麼，這次任務是由外記推薦，才下令的？」

「沒錯。外記大人對主上說，數馬的先祖是受到格外的提拔才起來的，應該派數馬出場，讓他有報恩的機會。這不是意外飛來的運氣嗎？」

數馬「嗯」了一聲，眉間刻出了深深的皺紋。「好吧。沒甚麼，唯有一死以報之而已。」數馬斷然放話後，突然站起，走出門去了。

光尚聽人說數馬當時的表情後，立刻派使者走訪竹內宅邸，傳話說：

「不得受傷，首尾善自珍重。」數馬請使者敬謹轉稟：「拜受良言無誤，不勝感激之至。」

數馬從朋輩口中獲悉自己是受外記的建議才擔當這次戰役，聽都沒聽完，即刻下了奮戰至死的決心。那是一種絕對堅固、不會動搖的決心。外記說要讓自己有報恩的機會。這個話雖然是無意間聽來的，不過，其實既然任由外記推薦這次的指揮官，會用這種理由推薦自己，不必聽說也猜得出來。這麼一想，數馬便覺得坐也不是站也不是，不知如何是好。不錯，自己的確荷承了前代的庇蔭。然而自元服以來，可說只不過是眾多近臣之一，並未受到甚麼特別出格的待遇。承蒙恩典，誰都一樣。所說報恩非我不可的話，是何道理？不用說，自己應該殉死而未殉，所以這一次才會被派到冒險犯死的地方。性命在任何時候都可以捨棄而無怨無悔，但是要派自己參戰而陣亡，以補上次遲未殉死之過，萬萬不能接受。自己一向從不珍惜性命，怎會在先主中陰七七期間珍惜性命呢？真是莫名其妙。到底與主公要多親近的人才該殉死？並無具體的界定。在同時侍候先主的年輕武士中，也沒聽說有殉死的案例，自己才與他們一樣活了下來。如果殉死是好事，自己願意比誰都先死。數馬覺得像這樣簡單的道理，應該誰都看得出來。況且把自己當作早該殉死而賴著不死的人，而打上烙印，真是情何以堪。自己已經受到無法雪洗的污辱。能夠這樣污辱於人的非此外記莫屬。對於外記而言，那是勢在必行、理有固然之事。然而，當今主上怎麼會採納他的意見呢？受傷於外記還可忍受。見棄於主上則忍無可忍。回想起來，在島原攻城時，先主大聲叫別受傷，那是為了阻止身邊的騎馬衛隊衝出去當先鋒。這次新主所說不得受傷、善自珍重的話，用意是不同的：既然愛惜性命就要好好照顧自己。這好像是在舊傷口上鞭打灑鹽一樣，有甚麼值得感激的呢？只想早一刻死去。死了雖然不能雪辱，還是想死。白死也無所謂，還是想死。

數馬這麼一想，連箭啦盾呀也都忍不住了。於是很簡短地告訴妻子說，自己奉命要去討伐阿部一族；然後獨自一人忙著做赴敵的準備。殉死的人都應該有沈著就死的胸懷，但數馬的心情卻是為了逃避痛苦而急於求死。只有乙名島德右衛門瞭解主人的心情，而下了同樣的決心；此外在一家之中，沒有別人能夠體察數馬的心跡。數馬今年二十一歲，去年娶進來的還是少女般的妻子，只見她抱著今年剛出生的女嬰，在屋裡走來走去。

到了進擊的前夕，四月二十日晚上，數馬洗了澡，剃光了月額[53]，用忠利所賜的名香初音薰了頭髮。一身白色服裝、白色繫肩帶子、白色纏頭巾，肩上緊貼識別的徽章。腰上所插的長刀，名正盛，長二尺四寸五分，是先祖島村彈正在尼崎陣亡後送回故鄉的遺物。另外把初次上陣時領受的短刀兼光也插在腰上。馬在門口嘶鳴著。

手拿短槍下庭院時，數馬把草鞋帶子打了個正結，用小刀切掉了多餘的帶子。

奉命攻擊阿部宅邸後門的高見權右衛門，原姓和田氏，是住在近江國和田的和田但馬守的後裔。原先追隨蒲生賢秀，但到和田庄五郎時改仕細川

53 月額：男人將頭髮從額頭剃至頭頂，成半圓形，即所謂月額，又做月代。武士髮型。

家。庄五郎在歧阜、關原之役都立了戰功。不過，因為隸屬忠利之兄與一郎忠隆，而忠隆於慶長五年因為妻子前田氏在大阪離家出走，受到父親的懲罰而出家，而以法號入道休無浪跡各地。那時庄武郎還伴隨忠隆遠到高野山與京都。其後三齋聘他到小倉，改姓高見氏，為武士輪班總管。俸祿五百石。島原之役時戰果輝煌，只因有違背軍令之嫌，一時被停了職務，不久被招回擔任近侍頭目。權右衛門為討伐而整裝時，穿上黑色二層紋裝，取出珍藏已久的備前長船刀插在腰上。取出十字矛挾在腋下。

竹內數馬手下有島德右衛門，高見權右衛門也帶著一個侍童。且說在阿部一族事件發生前兩三年的一個夏日，這個侍童無班，在屋裡睡著午覺。有一個同僚下班回來，脫下了衣服，赤身露體，正提起水桶要去打井水，忽然瞥見這個侍童在午睡，「我剛辦了公回來，也不替我打水，還在睡懶覺。」說罷，狠狠地踢開了他的枕頭。侍童從床上驚跳起來。

「原來如此。要是醒著，大概會替你打水吧。可是沒有腳踢枕頭的道理。絕不就此罷休。」說著，拔刀便砍，斜肩帶背砍了一刀。

侍童跨在同僚胸上，再刺一刀。然後到乙名的小屋去，一五一十報告了事情的原委。又說：「原想應該立刻切腹，又想怕會有可疑不解之處。」隨即光著上身，便要切腹自盡。乙明說了一聲「稍待一會」後，便去告訴了權右衛門。權右衛門剛剛下班回來，服裝還沒換過，便去向忠利報告。忠利說：「話雖如此，罪不至於切腹。」從此以後，侍童便把他的性命奉獻給了權右衛門。

侍童揹著箭囊，手持短弓，隨在主人之側。

寛永十九年四月二十一日是麥秋常有的微陰天。

為了攻進阿部一族困守在山崎的宅邸，竹內數馬率著部屬，於拂曉時刻來到了正門之前。宅內徹夜的敲鑼擊鼓之聲，現在卻萬籟俱寂，彷彿變成了無人的空屋。門扉上了鎖。從板垣上伸出了兩三尺長的夾竹桃，枝子間張著蜘蛛網，垂著閃亮如珍珠的夜露。有一隻燕子不知哪裡飛來，飛進垣內去了。

數馬下了馬，站著觀察情況。一聲「把門打開」，即有步卒兩名躍過板垣、跳進院內。門後居然沒有一個敵人。於是把鎖頭撬開，移除了門閂。

鄰居的柄本又七郎聽見數馬手下打開了大門的聲音，立刻推倒昨夜切斷結繩的竹籬笆，衝進了阿部的家院。這是一家幾乎天天出入、耳聞目睹、處處瞭如指掌的宅第。又七郎手持短槍，從廚房門口倏地閃入屋裡。只見阿部一族的武士關緊了門窗，正在屏息等候，準備砍殺每一個闖進來的敵人。其中，首先注意到好像有人從後門進來的是彌五兵衛。他也拿著短槍到廚房去探看。

兩人的槍尖對槍尖，幾幾乎相碰觸。「噢，又七郎啊。」彌五兵衛打了招呼。

「唷，曾經互相說過大話。現在來領教您的使槍本事。」

「好，來得好。」

兩人各退一步，槍尖相碰。交鋒了一會，又七郎的槍術顯然比較高強，突然使出妙招，刺穿了彌五兵衛的胸鎧。彌五兵衛鏗鏘一聲拋棄了短槍，好像要退縮到其他房間去的樣子。

「喂，膽小鬼，別逃。」又七郎大叫。

「不，不是要逃。要去切腹。」說著，進入房間去了。

便在這一剎那，聽到「叔叔，您的對手來了」的叫聲，垂髫的七之丞閃電也似飛了出來，一刀刺穿了又七郎的大腿。因為剛才重傷了摯友，心情恍惚，精神鬆懈，因此神槍手又七郎才敗在一個少年的手上。又七郎丟棄短槍，倒在當地。

數馬進入正門之內，把部屬配置到各個角落後，帶頭衝到玄關，看見正面的板門留有一條小小的縫隙。數馬伸手想去拉開。島德右衛門趕忙把他推開，小聲說：「等一下。今天大人是指揮大將軍。讓在下先來。」

島德右衛門嘩啦一聲把門拉開，跳了進去，卻被躲在門後、嚴陣以待的市太夫，一槍刺進了右眼，踉踉蹌蹌倒向了數馬身上。

「真麻煩。」數馬把德右衛門推開，衝了進去。市太夫、五太夫的槍尖一左一右，刺穿了數馬的腰窩。

添島九兵衛、野村庄兵衛陸續進來。島德右衛門不顧重傷，也折回奮戰。

這時候，突破後門攻進來的高見權右衛門，揮著十字槍，衝過了阿部家的手下，也到了房屋裏頭。千場作兵衛也隨著擠了進去。

分別從前後門進來的兵眾，混雜交錯在一起，吶喊廝殺。雖然把隔間的拉門都拆除了，也只是不足三十疊的廳房而已。有道是街戰的慘狀甚於野戰，同樣的道理，當前可比盤中百蟲相咬，慘不忍睹。

市太夫與五太夫不分對手，揮槍應戰，全身都受了無數創傷。但依然不屈不撓，棄槍拔刀，繼續到處亂刺亂砍。七之丞不知甚麼時候已經倒下了。

柄本又七郎大腿受創，倒在廚房不能動彈。高見的手下看到，「受傷了？了不起。快快退下吧。」說著進入廳房去了。

「如果還有退走的腿腳，我也要到廳房裏去。」又七郎聽了這冷言冷語，不堪其辱，咬牙切齒地說。便在這時候，跑進來了一個仰慕主人、一直跟隨其後的手下，把又七郎扛在肩上退走了。

另外有一個柄本家的下級武士叫天草平九郎，守住主人的退路，用短弓射著出現在眼裡的敵人，但在當場被殺死了。

竹內數馬的手下，乙名島德右衛門先死，小頭添島九兵衛接著死去。

高見權右衛門在揮舞十字槍殺敵之時，那個拿著短弓的侍童，一直陪在身邊射敵，後來乾脆拔出刀來亂砍亂殺。忽然瞥見有人正用步槍瞄著權右衛門。「這子彈我來擋了。」侍童叫著，倏地站到權右衛門的身前。中了子彈。侍童立即死去。從竹內組改編進了高見隊的小頭千場作兵衛，負了重傷，爬到廚房喝了水瓶裡的水，倒在那裏，一時站不起來。

阿部一族方面，彌五兵衛最早切腹。市太夫、五太夫、七之丞都深受重傷而氣絕。多數家臣也都戰死了。

高見權右衛門集合了前後門的部屬，把阿部家後院的倉庫摧毀，點了火。濃煙在雲淡無風的天空裡，筆直上升，遠方也可見到。然後把火撲滅，在餘燼上潑了水，才開始撤退。倒在廚房的千場作兵衛、還有負了重傷的人，都由各自的家臣或朋輩扛在肩上，隨在隊伍之後。時辰正好是未時。

光尚常有造訪臣下住處當消閒的習慣。在派人討伐阿部一族的二十一日那天，一拂曉便出門訪問松野左京的宅邸去了。

從位於花畑的國守官邸望去，山崎在對面不遠的地方，所以光尚出門時，便聽到了阿部宅邸那邊傳來的人聲物聲。

「現在該打進去了。」光尚說著，坐上了轎子。

轎子跑了還不到一町[54]時便接到了緊急報告。知道了竹內數馬戰死的消息。

高見權右衛門率領全體討伐軍，撤到光尚所在的松野宅第門前，請人轉達阿部一族已全數誅滅的報告。光尚想親自召見，立刻傳權右衛門進入客廳的院子。

牆上正開著雪白的水晶花，有一扇小小的柴門，打開進去後，權右衛門便跪在草坪上。光尚見了，招呼說：「手受傷了？加倍辛苦了。」原來權右衛門所穿的黑色紋裝上血污斑斑，又在撲滅倉庫的火勢時，全身沾滿了飛起來的炭灰。

「不，只是一點點擦傷。」權右衛門被人猛然刺到胸口，恰好被懷在胸前的銅鏡擋住，槍尖受阻，救了一命。創口出血，只夠染紅一張手紙而已。

權右衛門於是一五一十稟報了各人在討伐時的表現，而把功勞第一讓給了單獨闖入、重創彌五兵衛的鄰居柄本又七郎。

「數馬如何？」

「從正門搶先進去，詳情不知。」

「原來如此。告訴大家到院子裡來。」

權右衛門叫大家都進來。除了重傷而被擡回家的武士之外，人人都俯伏在草坪上。動手廝殺的人都沾著血污，只幫燒毀庫房的人只蒙灰塵。只蒙灰塵的人當中，有一個叫畑十太夫。光尚招呼他說：「十太夫，你的表現如何呀？」

「是。」只應了一聲，便默默地低頭不語了。十太夫是軍中有名的膽小

54 町：日本長度單位。六十間為一町，約一〇九公尺。

鬼，一直在阿部宅邸外邊徘徊，等到撤退前燒毀庫房時，才畏畏縮縮地蹀躞進來。聽說最初奉命參加討伐時，劍術師新免武藏遇見他正好要去上班，拍了一下他的肩膀說：「冥佑無極，好自為之。」十太夫聽了，大驚失色，想要繫緊鬆開的袴裙帶子，兩手直抖不停，終於沒法繫好。

光尚起座時說：「大家幹得好。回去休息吧。」

竹內數馬的幼女獲准收養義子，藉以繼承家業。然而這一家後來還是變成了絕戶。高見權右衛門增俸三百石；千場作兵衛、野村庄兵衛各增五十石。柄本又七郎則由米田監物[55]派組頭谷內藏之允為使，獲頒褒狀。親戚朋友來表示慶賀，又七郎卻笑著說：「元龜、天正年間[56]，攻城掠地，如同平常早餐夕飯；討伐阿部一族，就像茶點，像早上喝茶的點心而已。」過了兩年，正保元年夏[57]，又七郎傷口癒合後，晉謁光尚。光尚授予步槍組十挺，且說：「為了根治創傷、如想溫泉療養，不妨盡量去泡。還有，打算在府城外邊，賞你一塊別墅用地。可以提議自己所期望的地段。」又七郎獲賜益城小池村[58]的一塊建地。建地後面是一片竹林。光尚又說：「也把竹林送給你吧。」又七郎卻婉辭了。理由是：平時竹子的用處就很多。碰到戰爭時，竹束的需要更不可限量。如果拜領竹林、私自占有，會覺得過意不去。於是改派又七郎代管竹林事務，是代代世襲之職。

畑十太夫被撤了職。竹內數馬之兄八兵衛自願加入討伐，但弟弟奮戰陣亡時卻不在現場，奉命在家閉門思過。又有一個騎馬衛士之子而當近侍的某某，住在阿部宅邸附近，上面交代「注意防火」，當天不必值班，所以與父親一起爬上屋頂，消滅飛落過來的火星。後來注意到：難得有免於值班的日子，卻違背上面的用意，心懷愧疚，所以提出了辭呈。但光尚只說：「這與

55 監物：監察財務收支、掌管倉庫之長官。
56 元龜、天正年間（一五七〇—一五九二）：織田信長、豐臣秀吉、德川家康三雄前後爭霸時期。大小戰役不斷。
57 正保元年：當西曆一六四四年。
58 小池村：金熊本縣益城郡益城町小池。

膽怯無關，以後稍加注意就是。」讓他繼續留在身邊侍候。這個近侍在光尚逝世時，切腹殉死。

阿部一族的屍體都被運到水壩口，進行檢核。在白川清洗每人的創傷時，發現被柄本又七郎刺透胸鎧的彌五兵衛的傷口，格外精準出色。又七郎的面目因而越發增光了。

＊本篇寫於大正二年（一九一三）一月，所依據之主要文獻如下：

《阿部茶事談》

《細川家紀》

《忠興公御以來御三代殉死之面面拔寫》

護持院原復仇記

ごじいんがはらのかたきうち

播磨國飾東郡姬路[1]城主酒井雅樂頭忠實的上邸[2]，位於江戶城正門的向左前方[3]。邸院裡的金庫總有兩人一組輪流值宿。這是天保四年[4]癸巳歲十二月二十六日卯時後發生的事。當年五十五歲的大金奉行[5]名叫山本三右衛門的老人，卻孤零零地坐在那裏。今晚本來要一起值宿的小金奉行，因病請假，只得單獨忍受著夜裡的寒冷。旁邊擺著一盞骨架堅實的罩燈。燈芯爆花，變成橙黃色的燈光與窗口黎明的晨光，平分占據了房間。寢具都已收拾好，放入藤籠裡去了。

障子門外好像有人來了。「報告，府上有急事，送信來了。」

「你是誰？」

「是前院官廳的僕役。」

三右衛門拉開了障子門。送信來的是二十歲上下的年輕人，雖然不知他的姓名，但似乎見過他的面孔。

三右衛門接過信封，坐在罩燈前，先撥了燈芯，挑亮了火光。然後從懷裡掏出手紙袋子，取出放在裡面的眼鏡戴上。看了信封，不是兒子宇平的筆跡，也不是內人的手書。不免有點疑惑起來，但收信人的姓名的確沒錯，反正還是打開了封緘，卻大吃一驚。裡面只有白紙。

正在吃驚時，腦勺子受到重擊。又連吃驚都來不及，只見滴滴的血滴在白紙上面。原來從背後被砍了一刀。

在昏暗中，正想伸手摸索去拿寢具藤籠邊的短刀時，第二刀又揮了下來。三右衛門不自覺地舉起了右手擋刀。手脖子啪嗒一聲被砍斷了。忽地站起，用左手抓住了對方的前襟。

沒想到對手是個懦怯的傢伙。掙脫了抓他前襟的手，把手中的長刀扔向

1　今兵庫縣飾磨郡姬路市。有名勝姬路城。當時城主（藩主、大名）酒井忠實（一七七九—一八四八），祿十五萬石。官名雅樂頭，天保六年（一八三五）讓位於酒井忠學。

2　上邸：當時各藩在江戶皆設有上邸、中邸、下邸。日文邸，多作屋敷。上邸為藩主所居主要官邸。中、下邸則以備不時或不同之需，或設藩士之宿舍。

3　今千代田區大手町一丁目。

4　天保四年：西曆一八三三年。

5　大金奉行：管理金庫（原文金部屋）、負責出納之官。其下有助理，稱小金奉行。

三右衛門，從走廊逃了出去。

三右衛門無暇思考，立即跟在後面追出。追到邊門，已無對方的蹤跡。受了重傷的老人，畢竟比不過歹徒年輕的腳力。

三右衛門的頭與手灼痛不已。開始眩暈。可是依然勉勵自己，折回金庫，檢查了門鎖。毫無異狀。心想「大概沒問題」時，眩暈轉劇，用左手把寢具藤籠拉過來，全身靠在籠子上，吐著深重遲鈍的呼息。

聽到噪聲，最先跑來看的是邸內值夜的監察員[6]。接著監察官來。督察[7]大人也來。總務[8]也來了。派人去請醫師。又派使者馳往蠣殼町中邸[9]，通知住在那裡的三右衛門的妻子。

三右衛門精神相當穩定，官員所問的問題都回答得一清二楚：自己想不出任何與人有挾怨報仇之事。那個拿來空白書信的男人，的確是見過面而不知其名的前院僕役。多半由於缺錢才鋌而走險吧。家業繼承事宜請多多惠予關照。請轉告兒子設法報仇。在說這些話時，一再夾著冒出「遺憾呀可恨呀」的嘆息。

那把丟在現場的長刀是兩三天前，任職於營建署[10]的五瀨某掛在值班室時被偷走的。查了門衛的紀錄，發現卯時過後，有一個自稱龜藏的僕役說自己是傳遞急件的送信人，從後門跑了出去。龜藏是神田久右衛門町代地[11]的下級武家僕役仲介富士屋治三郎推薦進來的。今年二十歲。身份保證人是若狹屋龜吉。多方調查的結果，才知道這個僕役龜藏除了山本之外，還有四封分別送給了其他四個金庫的警衛，裡面都一樣只是白紙。

由此揣測，龜藏應該早有預謀：準備殺害任何輪班值宿的警衛，盜取金

6 監察員：原文徒目附，在監察官指揮下，負責偵察家臣之言行。當時之監察系統是：監察官（目附）→監察員（徒目附）→小偵探（小人目附）。
7 督察：原文大目附，專掌監視江戶藩邸之藩士、藩政之職。
8 總務：原文本締，專掌藩之財政。
9 蠣殼町：在今東京中央區日本橋蠣殼町一丁目邊。
10 營建署：原文作事，掌管建築、修繕等事務。
11 代地：在江戶九右衛門町。私有地為幕府徵收後移住之替代住宅區謂代地。

庫的金子。年來奧陸、出羽[12]等國歉收，江戶物價騰貴，才會發生諸如此類的違法事件。天保四年[13]的零售米，一百文只能買五合五勺，是天明以來最嚴重的荒年。

醫師來了，為三右衛門進行治療。

親族陸續到場。從蠣殼町別邸來的有三右衛門的妻子與兒子宇平。宇平已經十九歲了。宇平的姊姊利與在長門守細川興建[14]的內院伺候，所以從豐島町的細川邸趕來。當年二十二歲。三右衛門的妻子是續弦，算是利與與宇平的繼母。此外，還有三右衛門的妹妹，嫁給了小倉新田城主小笠原備後國守貞謙的部下原田某，正在麻布日窪[15]的小笠原邸，來不及，並沒有趕到酒井官邸來。

三右衛門不聽醫師說最好保持安靜的勸告，還是嘮嘮叨叨，把告訴過官員的話重複告訴了妻子與兒女。

蠣殼町的住處狹窄，不便照顧重大傷患，所以上面指示濱町增建官舍的住戶神戶某，接納三右衛門借住養傷。神戶是山本家的遠親。妻子陪伴同去。這其間原田的妻子也來了。

在神戶家裡，三右衛門於二十七日寅時斷了氣。當日酉時，上面派檢驗官來了。一起來的有監察員、小偵探等，還有一個事務官。檢驗官員也記錄了三右衛門妻子、兒子宇平、女兒利與的口供。

根據官員的調查報告，酒井家下了指示：「平生志行合宜，可依適當禮法厚葬之。」那把罪犯丟在三右衛門受傷現場的刀，則由官員拿去給原來的物主五瀨某查對，確認無誤。

二十八日，三右衛門的遺體葬在淺草堂前面山本家的菩提所遍立寺[16]。

12　奧陸、出羽：奧陸國與出羽國，泛指今日本東北地區。

13　天保四年：當西曆一八三三年。時幕府第十一代將軍德川家齊在位。下舉之天明為西曆一七八一－一七八九年。

14　細川興建：當時藩主應該是興德（一七五九－一八三七），常陸谷田部（今茨城縣筑波市）一萬六千三百石大名。原文中之興建為興德養子。宅邸在豐島町（今東京千代區岩本町）。

15　麻布日窪：在今東京港區六本木。

出葬之前，在神戶家處理三右衛門遭難當時所留的遺物時，本來應該全都歸屬於宇平所有，但女兒利與卻懇切哀求，盼能獲得父親那把短刀。當宇平表示同意時，利與那雙哭腫的眼睛，剎那間閃現了喜悅的光芒。

武士如有親人遭到不當殺害，便有不得不復仇的義務與責任。何況對三右衛門的親族而言，復仇是出於先人的遺囑。於是親族聚在一起，經過多次討論後，決定於明年天保五年歲次甲午元月中旬，正式提出公開復仇的申請。

在討論過程中，最熱中於報仇的是兒子宇平；不斷提醒家人此仇非報不可，而且盼能一舉成功。焦躁之情，溢於言表。這個年輕男子雖然臉色蒼白、瘦身細骨，卻並不是病人。姊姊利與則始終默默無語，只管聽著別人的發言。但要求在願書上加列自己的名字，堅持不渝，沒有退讓的餘地。利與是個容貌平平，肌肉結實的小個子女人。遺孀有頭痛的毛病，難得出現在這樣的場合。但每次出現，總是擔心報仇不成反被殺害，最後不知會遭到甚麼悽慘的後果，嘮嘮叨叨，抱怨不休。從日漥來的原田夫婦，還有遺孀的胞弟櫻井須磨右衛門，為了安慰她，煞費苦心。

然而有一個親戚全體都覺得最可依賴的男人。這個人住在本國姬路[17]，雖然無法列席討論，但一接到訃聞後，旋即寄來弔唁信，而且發誓一定要在復仇時助一臂之力。這個男人名叫山本九郎右衛門，在姬路奉仕家老[18]本多意氣揚。今年四十五，是亡者三右衛門的胞弟，小九歲。

九郎右衛門接到哥哥的訃告時，隨即向意氣揚提出了申請：姪子與姪女即將進行復仇任務，自己想去幫忙，出門期間擬委由兒子健藏代理職務。主人本多意氣揚是德川家康[19]為酒井家某人取名意氣揚的後代，對武士道懷有

16 遍立寺：淨土真宗東本願寺派。在今台東區松谷一丁目。
17 姬路：播磨國姬路，今兵庫縣姬路市，有名勝姬路城。
18 家老：江戶時代各藩置有家老，直屬大名，總管家務之重臣。
19 德川家康（一五四二—一六一六）：江戶（德川）幕府初代將軍。滅豐臣氏，拜大將軍。死後神化為東照大權現，奉祀於日光東照宮。

深切的關注，所以立刻接受了請求。在江戶方面，則剛剛遞上了復仇的申請書，還在等待上面的指示；而九郎右衛門卻已承意氣揚賜以雕飾長刀一把、津貼二十兩，離開姫路了。那是元月二十三日的事。

二月五日，九郎右衛門抵達了江戶蠣殼町別邸的山本宇平住處。宇平以及從細川家請假回來的姊姊利與，高興無比。一看到穩重寡言、體格魁梧的叔父，姊弟兩人便放下了心。

「這裡還沒得到許可嗎？」九郎右衛門問了宇平。

「是。還沒有任何指示。曾向官員打聽過，他們說，還在居喪其間，有指示也不便下達。」

九郎右衛門皺了眉頭。稍後說：「真的是大車輪迴轉遲呀。」

然後九郎右衛門又問，出門的準備做好了沒有。宇平說，等許可下來再做。叔父的眉間又皺了一下。不過這一次好久沒再說甚麼。到了種種閒談之後，叔父好像忽然想起似的，「那準備工作，還是提早做好，也可以啊。」

六日，九郎右衛門上了哥哥的墓。七日，拜訪濱町的神戶家，對他們照顧臨終的先兄表示謝忱。這一天，西北風特強。九郎右衛門正在神戶家時，從神田地方起了火，是歷史有記錄的午年大火[20]。未時由佐久町二丁目的三味線琴師家起燒，向日本橋方面燒開過去，直燒到翌日早晨卯時。有一首打油詩說：「三味線琴屋，未時拿琴來。彈出火花落，釀成大火災。」濱町與蠣殼町都在下風，看著火勢分成三股延燒而來。神戶家裡反正人手不缺，所以九郎右衛門急忙飛快地回到了蠣殼町。

九郎右衛門指揮山本的家人搬出所有家什，一件不留。但到申時下刻，別邸住宅區陷入一片火海中，山本家的房子也燒毀了。

利與一看到大火起燒，便趕回主人細川家的邸宅。但見豐島町已在大火籠罩之下。有人叫著「危險危險」、「姊姊不要逃入火裡頭去」的聲音。終於被夾在逃難者與起鬨者之間，寸步難行。稀疏的火花飄落頭上。利與含著

20 午年大火：指天保五年歲次甲午（一八三四）二月江戶大火。燒失面積高達四百八十町、燒死者四千多人。一町約三千坪。

眼淚，只好在龜井町附近折回了娘家。叔父已經從濱町回來，正在整理搬出來的家什。

在濱町方面，靠近矢倉[21]一帶泰半燒成煨燼，只有酒井家別邸官舍幸而逃過劫火。因為已經屢承神戶家的照顧，一再添過麻煩，很過意不去，所以宇平一家決定搬到也是遠親、也住在附近官舍的山本平作家避難。

三右衛門的遺族借住山本平作家的房間，有如做夢一般，精神恍惚，不知伊于胡底。遺孀鎮日頭痛，只管躺著睡覺。宇平抱著胳膊，陷入沈思之中。只有利與一人一邊顧慮著平作家人的反應，一邊勤快地忙著整理家事。中午時分，有人來告知夫家細川家的避難地點，便立刻前去探望了。

晚上利與回來，叔父九郎右衛門說：「喂，當今我們不需要甚麼家，可是為了別讓少爺出門時傷風感冒，不替他做好準備不行啊。」把宇平少爺少爺地叫，顯然含有揶揄的意思。

利與應了一聲「是」，當晚便著手整理宇平的衣類了。

九日，利與拿著九郎右衛門交代的便條，出去購買列在上面的旅行用品。今天風向變成南風，正覺得天候溫暖異常時，在酉時上刻，又從檜木町起火燃燒起來。前天僥倖逃過一劫的店家，這次便沒那麼幸運了。

十日，又有強烈的西北風。正午，從位於大名小路[22]的松平伯耆守宗發的官邸起火，由京橋方面延燒到芝口地區。

接著，十一日與十二日，也都發生了火災。物價高漲，又逢災禍連連，江戶人心惶惶，不可終日。山本家向商人訂購的一些物品，居然也會發生差錯，使得利與不管多麼焦急，準備事物總是難於完成。

有一日，九郎右衛門吸著煙管，一邊看著利與在做女紅；不由得露出疑惑的表情，放下了煙管，不屑似地說：「甚麼呀。做那種小小的玩具有甚麼用？真是無可救藥。少爺要出門，是個大人啊。」

21　矢倉：今中央區東日本橋一丁目，有幕府米倉。
22　大名小路：今千代田區大手町經丸之內至有樂町一帶之俗稱。諸多大名上邸所在地。

布。

利與臉上泛紅。「不，這是我自己要用的。」原來所縫的是女人綁腿罩

「甚麼呀。」叔父睜大了眼睛。「你也要出去武士修行啊？」

「是的。」利與沒有放下手上的針線。

叔父「哼」了一聲，一直瞪著姪女的臉良久，然後說：「那可不行。帶著像妳這樣可愛的姑娘，要上不知何去何從的旅途，行嗎？會在何處碰見仇家、要等幾年才會碰到，一點線索也沒有。我跟宇平只是出去尋找。找到了之後再通知你，不就好了嗎？」

「叔叔說的好。不過，既然不知會在甚麼地方碰見仇家，怎麼一定會跑到江戶來通知呢？而且怎麼一定會等人從江戶趕到呢？」利與滾動著似天真又似狡猾的眼睛，帶著微笑，盯著叔父的臉。

叔父相當尷尬。「誠然。這種事總要看天時地利，我也不敢說一定會怎樣。只要辦得到，一定設法把妳叫到現場來。萬一來不及，那只能怨妳自己不肖，不幸生為女人，死了這一顆心吧。」

「總得試試看。不管怎樣，我希望不要有甚麼萬一。如果說不能帶女人出門的話，我要變成尼姑，奉陪上路。」

「哎呀，別那麼說。尼姑也是女人啊。」

利與的眼淚落在針黹上，默然無語。叔父一面好言勸解，一面斬釘截鐵說不能帶女人。利與拭了拭眼淚，把剛開始縫綴的綁腿偷偷包在身旁的包袱裡。

酒井忠實向值月老中[23]大久保加賀守忠真與三奉行[24]報備之後，於二月二十六日把發給宇平、利與、九郎右衛門的公文，經過大監察長官[25]連署後，交給了三人，正式准予復仇。其中有指示說：「宜其早日得遂本願歸

23　值月老中：原文月番老中。每月輪班之老中。老中者直屬將軍、總理政務之最高官員。

24　三奉行：奉行指幕府中央部門或地方之主管職稱，有寺社奉行（管理寺院神社相關事務）、町奉行（管轄江戶、大阪、京都等地方之行政長官）、勘定奉行（掌管幕府與直轄領地之財政、司法、治安等政務）。

25　監察長：原文大目附，監察官之長。

來，若有仇家死亡，需提出確切證據。」三人都可獲得津貼。留守看家的人都有糧餉。利與雖然有許可，但是既然不能出門參加仇人的搜索，看來只要在江戶安排好遺孀與利與的居處，九郎右衛門與宇平二人便可隨時動身了。

利與暫且由小笠原邸的原田夫婦認領。病身的遺孀則准其所請，前往胞弟櫻井須磨右衛門家療養。

九郎右衛門、宇平兩人終於要出門了，可是兩人都不認識仇人的面貌。單靠畫像尋人，實在毫無把握，所以到傭工仲介商富士屋與若狹屋去左查右問，根本打聽不出甚麼值得一提的消息。不但沒人記得仇人的容貌，而且只聽說生於紀伊國，卻沒有確實的證據。有人說，在他進入酒井家為僕人之前，曾在上野國高崎住過。如此而已。

這時有一個男人突然出現在山本平作家。這個人是近江國淺井郡人，從小便在江戶諸多官邸裡打過工；其間曾與龜藏一起在酒井家當過前院的僕役，而且受過三右衛門的照顧。他說，如果有需要，正好現在已辭去了酒井家的工作，願意跟隨出去當見證人。名叫文吉，四十二歲。身體健壯。雖然說是無業浪人，但一看便知，是個耿直的老實人。

九郎右衛門與他見了面、談了話，立刻聘他為宇平的部下。

九郎右衛門、宇平、文吉三人決定於二十九日，從菩提所遍立寺出發，而在前一天便離開濱町山本作平家，來到了遍立寺。在那裡，除了依然抱病的遺孀之外，利與與親戚聚在一起，先拜了墓，然後交換了餞別的酒杯。住持端出蕎麥來，即席發出彷彿滑稽戲的口氣說：「這是手打亂切的蕎麥麵條。」親戚都興高采烈，只有利與一人垂頭喪氣，所以催她先離開了。

在寺裡過了一夜，二十九日清晨三人便啟程了。文吉揹著行李隨在一步之後。首先要前往上野國高崎[26]，因為聽說龜藏去江戶做事之前曾在那裡住過。

九郎右衛門與宇平或文吉，正走在朝向高崎的路上，卻總覺得龜藏不會在高崎。反正不能確定該往何方，因而想起不妨先去高崎看看而已。這個叫

26 上野國高崎：今郡馬縣中南部高崎市。

龜藏的傢伙，名副其實的無賴漢，住所不定，要在日本國中找他的下落，簡直就像要在米倉裡尋找一顆特殊的米粒一樣。不知從哪一袋米開始才好。然而儘管這般的杳無頭緒，從另一個觀點，卻是一種無論如何非完成不可的任務。因此，他們一行才想先把高崎這個米倉打開來看看。

在高崎找不到龜藏的蹤跡。轉往前橋。這裡榎町的政淳寺[27]裡，有山本家先祖的墳墓。九郎右衛門參拜了祖墳，祈願復仇能夠順利成功。然後到藤岡，住了五六日。然後越過武藏國境，在兒玉村[28]住了三日。登上三峯山[29]，向三峯權現誠心祈禱。經八王子入甲斐國，在郡內、甲府巡了二日，參拜了身延山[30]。在信濃國，由上諏訪越過和田嶺，經上田前往善光寺[31]。在越後國則尋訪各地：高田三日、今町二日、柏崎與長岡一日、三條與新潟四日[32]。然後轉由加賀街道[33]，進入越中國，在富山[34]停了三日。這一帶凶年歉收，受害尤甚；一行只能吃芋頭蘿蔔麥飯，睡在農家只鋪草蓆的土房間。在飛驒國高山[35]住二日、美濃國金山[36]住一日後，由木曾路到太田[37]。在尾張國，住犬山一日、名古屋四日後，由宮上東海道，經佐屋[38]進入伊勢國，繞道桑名、四日市、津市之後，在松坂[39]停了三日。

---

27 政淳寺：淨土真宗。在今郡馬縣前橋市代田町。前橋原為酒井家封地，有山本家先祖墳墓。

28 兒玉村：今埼玉縣兒玉郡兒玉町。從武藏國（東京、神奈川、埼玉縣）經上野國（郡馬縣）至信濃國（長野縣）之川越大道之要衝。

29 三峯山：在埼玉縣秩父郡大瀧村。山上有三峯神社。

30 郡內：甲斐國（今山梨縣）都留郡。甲府：位於山梨縣甲府盆地北部。身延山：在山梨縣西南部，山上有日蓮宗總本山久遠寺。

31 諏訪越、和田嶺、上田：皆今長野縣地名。上田在安土桃山時代為武將真田昌幸之根據地。善光寺：在長野市定額山，本尊阿彌陀如來，不屬任何宗派。

32 高田、今町、柏崎、長岡、三條、新潟：皆越後國（今新潟縣）境內地名。

33 加賀街道：從高田城下（今新潟縣上越市）沿日本海岸至越中（今富山縣）之通道。所謂街道指連結重要地點之通行要道。

34 富山：富山縣（越中國）面臨日本海之富山市。

35 高山：在岐阜縣（飛驒國）北部。有小京都之稱。

36 金山：今岐阜縣益田郡金山町。沿飛驒川至美濃之飛驒街道要衝。

37 木曾路：或稱木曾街道，從信濃國（長野縣）鹽尻至美濃國（岐阜縣）中津川之通道。太田：今岐阜縣美濃加茂市太田町。

他們一行到一個地方，偶而停一宿恢復疲勞之外，多半逗留二日以上，因為覺得當地或許會有甚麼線索，必須特別進行搜索。在松坂殿町[40]，有一位代官屬下的監察官[41]岩橋某，仔細聽了九郎右衛門的說明後，還做了周密的調查。當一行聽到事實調查的結果時，覺得彷彿在黑暗中看見了一盞明燈。

松坂有一個名叫深野屋佐兵衛的大商人。有一個紀伊國熊野浦長島外町[42]的魚販，名定右衛門，固定每日會送魚貨來。由於這種因緣，佐兵衛與定右衛門一家建立了莫逆之交。只因定右衛門的長子龜藏年輕時便遠走江戶，音訊不通，失去了聯繫，現在只得依靠次男一人。那個龜藏於今年正月二十一日，一身襤褸，出現在深野屋前。佐兵衛說：「像你這樣的不孝子，除非令尊知道而且同意了，絕不能收留你。」龜藏垂頭喪氣地離開了深野屋。看到他的人說：「那個男子是紀州人龜藏，大概在江戶做了甚麼壞事，才逃到這裡來。」

隨後向深野屋打聽的結果：龜藏於正月二十四日，來到熊野仁鄉村舅舅林助的家，哀求加以收留。但林助說家裡貧窮，想收留也力有不逮，所以勸他還是回父親定右衛門的身邊去。原想投靠熟人而不能如願；又要求親戚收留而被親戚拒絕，龜藏才終於不得已想回自己的老家。二十八日是他回到父親家的日子。

二月中旬，定右衛門聽到從松坂傳來的謠言說，龜藏因為在江戶做了

38 犬山、名古屋、宮、佐屋：皆尾張國（愛知縣）地名。宮在今名古屋熱田區，東海道驛站。佐屋在愛知縣海部郡，從宮往桑名之佐屋路驛站。

39 桑名、四日市、津市、松坂：皆今三重縣地名。

桑名：原屬伊勢國，伊勢路起點，海上七里渡輪之渡口，東海道驛站。

四日市：今名四日市市，面臨伊勢灣，為三重縣最大城市。

津市：面臨伊勢灣，為三重縣縣城。

松坂：今作松阪，原屬和歌山藩，置城代以治理之。城代者國司派在地方代掌政務之官。

40 松坂殿町：今松阪市殿町，江戶時代為武家群居之處。

41 監察官：原文目代。掌監聽、偵探人事之小吏。

42 今三重縣北牟婁郡紀伊長島町。面對浦島，熊野街道邊。

壞事，才逃回了故鄉。定右衛門質問到底是怎麼回事，龜藏說是傷了一位長輩。於是定右衛門與林助商量，決定讓龜藏登上高野山[43]出家當和尚。二月十九日，兩人把剃了髮的龜藏送到三浦坂後折了回來。龜藏當時穿著茶色方格木棉袍，繫木棉帶，套藍色褲筒，紮綁腿。懷裡一兩黃金。

二十二日，龜藏在高野領清水村[44]的又兵衛家住了一宿。二十三日下雨，又住了一夜。然後於二十四日登上高野山，有人在登山道上碰到他。二十六日黃昏時分，又有人看他下山到了橋本。此後便下落不明了。有人說他多半跑到四國去了。

聽了松坂這位代官的調查始末時，主從三人之中，沒人懷疑這個變成和尚的定右衛門的兒子龜藏，便是仇人。宇平建議立刻到四國去尋找。不過九郎右衛門卻提出了異議，解釋說：大概逃到四國的說法是沒有根據的推測；四國遲早總是要去的，還是先就近搜索才是上策。

他們一行離開了松坂，順路參拜了神宮[45]祈求武運昌隆。然後通過關[46]，沿東海道進入攝津國大阪[47]，停留了二十三日。其間有信使自松坂來，傳達了紀州定右衛門因為擔心兒子的前途，憂煎成疾，已經去世的消息。然後經西宮、兵庫[48]進入播磨國，由明石[49]到本國姬路，在魚町[50]的旅店住了三日。儘管兒子的家便在當地，九郎右衛門卻早已發誓，不遂所願絕不進家門。然後往備前國，經過岡山[51]後，於六月十六日晚上，在下山[52]乘夜船，終於抵

43　高野山：和歌山縣北部，山頂有真言宗總本山金剛峯寺。
44　高野領清水村：今和歌山縣橋本市清水，從清水有不動坂道越河根嶺至高野山，為參拜高野山之表參道。
45　神宮：指伊勢大神宮，在三重縣伊勢市。
46　關：今三重縣鈴鹿郡關町，東海道驛站。
47　大阪：攝津國（今大阪府）大阪市。江戶時代幕府直轄，為諸國物資集散地。
48　西宮、兵庫：皆在兵庫縣。西宮有西宮神社。兵庫約指今神戶市西部，瀨戶內海主要港口。
49　明石：在兵庫縣南部，面臨明石海峽；與須磨並稱風景明媚，又各為《源氏物語》帖題。
50　魚町：在兵庫縣姬路市內，分為西、中、東魚町，海鮮商店與餐廳甚多。
51　岡山：今岡山縣包括江戶時代備前、備中、美作三國。岡山市，為連結山陰道、山陽道、四國諸國交通要衝。

達了四國。自離開松坂以來，宇平對九郎右衛門的搜索方針，便稍有不滿，偶而露在臉上，只是在意志堅固、喜怒不露於色的叔父威權下，只得乖乖跟隨在後。然而這時忽然活潑起來，居然在船中開口大談特談，直至夜闌。

十六日清晨，船抵讚岐國丸龜[53]。吩咐文吉單獨去松尾尋訪後，兩人便上象頭山[54]祈禱發願。偶然聽在那裡閉居齋戒的人說，在丸龜見過一個相貌特殊的外來僧人。宇平覺得好像已經發現了仇人似的，於亥時下山回丸龜，把文吉從松尾叫回來看那和尚。卻不是所要找的人。

伊予國銅山[55]據說是諸國惡黨嘯聚之地，三人一行便到銅山去搜索了三日。然後到西條二日、小春與今治二日，繼由松山到道後[56]溫泉。來到此地之前，冒暑旅行的宇平為反胃疝氣所苦，文吉也患了下痢，食慾不振，便在溫泉街將養了五十日。身體大致恢復之後，往中大洲搜尋了二日，繼而到了八幡濱[57]。病後勉強上路的宇平，灰心喪志，顯得一點力氣也沒有。於是停留了五日，終於搭上了前往九州的船。四國之行等於白跑了一趟。

船抵達了豐後國佐賀關[58]。一行經鶴崎[59]入肥後國，參拜阿蘇山的阿蘇神宮與熊本的清正公[60]，祈求誓願成就。前後各在熊本與高橋找了三日後，搭船到肥前國島原[61]。住二日，轉至長崎。在長崎第三日，有人說曾在島原

52 下山：應作下村。今岡山縣倉敷市兒島下町。面瀨戶內海，往四國港口之一。
53 讚岐國丸龜：今香川縣（讚歧國）丸龜市，面瀨戶內海，重要渡口與民間信仰中心。
54 松尾：在今琴平町內，有松尾寺。
象頭山：今香川縣琴平町山上，東側有金比羅宮，山頂有奧宮，祀海上守護神金比羅大權現。
55 伊予國銅山：今愛媛縣新居賓市別子銅山。
56 西條、小春、今治、松山、道後：皆在伊予國（今愛媛縣）境內。
57 大洲：今愛媛縣伊予大洲市。
八幡濱：今八幡濱市，往來九州之重要港口。
58 佐賀關：今大分縣（前豐後國）北海部郡佐賀關町，從海路往伊予國之重要港口。
59 鶴崎：今大分市北鶴崎町。經伊予街道至佐賀關，或由肥後街道往熊本之交通要衝。
60 阿蘇神宮：在今阿蘇郡一宮町，主神建磐龍命。
加藤清正：豐臣秀吉同鄉重臣，曾遠征朝鮮，封肥後國（熊本縣），祿五十四萬石，築熊本城。今熊本市花園町有其祀廟本妙寺。
61 島原：九州縣南部島原半島東岸市鎮。德川初期農民聯合基督徒叛亂，史稱島原騷動。

見到貌似仇人的和尚。於是又折回島原，搜尋了五日。然後又在熊本查了三日、宇土二日、八代一日、南工宿[62]二日之後，再度乘船到肥前國溫泉嶽[63]下的港口。在那裏遇到有個人剛從長崎回來，說長崎有個貌似仇人的僧侶。長崎上筑後町有一向宗的勸善寺[64]，最近來了一個二十歲前後的年輕和尚，教人玩棍弄棒之術。一行又坐上了往長崎的船。

十一月八日早上抵達長崎，寄住在舟引地町名叫紙屋之家，懇求町長[65]福田某協助尋人。在這裡經過打聽，覺得勸善寺的那個客僧越來越像仇家。據說他是紀州人，因故犯了忌諱，怕見生人，不出門外。親切周到的町長擔心萬一有甚麼錯失，還派了兩個捕快同行。在町裡當劍術師傅的小川某，聽完了町長的說明，便表示自己也願意陪伴在場，如有需要，可以拔刀相助。

九郎右衛門與宇平二人自稱是大村家[66]的武士，希望開始進行棒術的修練，懇求在勸善寺入門為弟子。客僧承諾了，約定明日巳時見面。二人非常高興，帶著文吉到寺裡去了。小川與捕快二人隨在後面。到了時，向文吉使了眼色，叫他與客僧相見，卻是個一點也不像龜藏的人。一行胡亂找些藉口離開了勸善寺。人人不免懊惱，尤其宇平特別顯得沮喪。

一行向福田、小川道謝後，離開長崎，在大村住了五日，來到了佐賀。這時起九郎右衛門患了腳疾，必須拄杖才能行走。在筑後國久留米[67]查了五日。在筑前國則先參拜太宰府天滿宮[68]，虔誠祈願；轉往博多、福岡停留二日後，從豐前國小倉[69]乘船離開了九州。

62 宇土、八代、南工宿：皆熊本縣地名。宇土與八代各由熊本藩細川家派城代治理之。

63 溫泉嶽：又作雲仙岳。位於島原半島中央，活火山。

64 上筑後町：長崎市內西北部。勸善寺：即向南山勸善寺。淨土真宗，在今長崎市玉園町。

65 町長：原文町年寄，當時長崎有九家，皆世襲，輔佐長崎奉行執行町務。

66 大村家：肥前國彼杵郡大村（今長崎縣大村市）大名，祿二萬八千石。

67 久留米：在筑後國（今福岡縣）南部，原為有馬氏城下町。

68 天滿宮：在今福岡縣太宰府，奉祀學問之神菅原道真（八四五—九〇三）。

博多、福岡：皆在今福岡縣境內。

69 小倉：指今北九州市小倉區，原為小笠原氏城下町。祿二萬八千石大名。

乘船到了長門國下關[70]是在十二月六日。正下著雪。九郎右衛門的腳疾只覺得越來越嚴重了。終於聽了宇平與文吉的勸說，暫時回姬路去休養。九郎右衛門情不甘意不願地在下關上了船，十二月十二日早晨抵達播磨國室津[71]，且在當日便住進了城下平町[72]的稻田屋。因為曾經發誓，本願未遂，將永遠浪跡在外，絕不回兒子的居處。

宇平送走了九郎右衛門後，於十二月十日帶著文吉離開了下關。到周防國宮市停留二日後，經室積，抵岩國錦帶橋[73]。搜查了二日，乘渡船到安藝國宮島[74]。在廣島八日，轉入備後國，在尾島、鞆[75]十七日，福山二日。然後經備前國岡山到姬路，順路探望了九郎右衛門。

宇平、文吉與九郎右門衛在姬路稻田屋重逢，是在天保六年[76]歲次乙未的正月二十日。正好這時廣岸山[77]神官谷口某傳來消息，說有一個奇怪的賤民之輩出沒街頭。九郎右衛門叫文吉出去查看。原來這個賤民是石見[78]人，因為腰插短刀，人家才起疑心。然而並不是仇人。

九郎右衛門的腳疾不易痊癒，宇平只得帶著文吉於二月二日離開姬路，五日到了大阪，寄宿在阿波座衽町[79]的攝津國屋。不過二人離去後不久，九郎右衛門的腳疾好轉，於十四日也離開姬路，從明石乘船，趕往大阪而去。

三人住在攝津國屋，處處打聽探查，不覺路費都快要用完了。於是在宿

70 下關：今山口縣（長門國）西南端，古稱赤間關，又稱赤馬關，簡稱馬關。古來陸海交通要地，隔關門海峽，與九州門司相望。

71 室津：今兵庫縣揖保郡御津町室津。面播磨灘之港阜，以前諸大名與朝鮮通信使（使節）投宿之地。

72 平町：今姬路市平野町，町人（非武士）居住區。

73 宮市、室積、岩國：皆在周防國（今山口縣）。岩國在山口縣東部，面廣島灣，有錦帶橋。

74 宮島：今廣島縣（安藝國）嚴島別名，有嚴島神社。

75 鞆：今福山市鞆町，在沼隈半島東端。

76 天保六年：當西曆一八三五年。

77 廣岸山：不詳，蓋在姬路北部。

78 石見：山陰道國名，今島根縣西部。

79 阿波座衽町：今大阪市西區西本町。

主安排之下，九郎右衛門做了按摩師，而文吉則成了淡島的神官。其所以從事按摩之業，是因為既然懂得柔術，便沒有不會按摩的道理。所謂淡島[80]的神官，其實不在神社供神；而是在胸前掛一個小神宮，身上吊著絹布縫製的玩具小猴子，手搖鈴鐺，沿街求助的乞丐。

在這時候，九郎右衛門、宇平二人想讓文吉離職他往，告訴文吉說：我們直到今日，只能與你同寢共食，沒付過任何薪水；只在名義上當部下，你卻不辭辛苦、耐心輔助我們。然而，現在大致已經走遍了日本全國，卻找不到任何仇人的蹤跡。如此下去，我們的本願恐怕遙遙無期，不知何時候才能成就。說不定便這樣飲恨而死，曝屍路上。你一向對我們的關切幫助，情深意摯，無話可說。現在想請你繼續留下來相陪，實在也不便開口。當然對我們不認識仇家的人來說，你的離開肯定會造成一些困難。這是萬不得已的事。只能聽天安排，耐心等待互報姓名、決一死戰的機會而已。你是忠誠無比的人，只要肯去服侍新的主人，不難出人頭地、揚名於世。所以請你在這裡離開我們吧。

九郎右衛門先與宇平商量好，才叫文吉過來告訴他這些話的。宇平在旁抱著胳膊聽著，眼淚沿著臉流了下來。

文吉俯伏默默聽著。話一聽完，便抬起頭來。睜大的眼睛閃閃發光。喊了一聲：「老爺，並不是這樣的。」雖然心中激動而有點語無倫次，文吉所說大概是這樣的：這次的任務與一般的任務不同。既然參加復仇行動，等於放棄了小人的性命。兩位如果能夠順利完成本願，最好不過；但是萬一仇家得到許多惡人的支援，報仇變成反被報仇；那時只有兩種對付的方法，不是臨陣脫逃，便是重複報仇。只要腰腿沒有毛病，即使被辭了，也要如影隨形，絕不離開。

儘管是九郎右衛門也無言可對。宇平好像嚐到了復甦的感覺。

於是三人離開了攝津國屋，搬到一間自助小客棧。已經沒有了想去尋

80 淡島：指淡島神社，今和歌山市加太神社之俗稱。據云對婦女諸病頗為靈驗。文吉在此所為即所謂願人坊主（修行僧），其實是乞丐僧或化緣僧。

找的地方，不得不無事找事，只好口念神佛，祈求加護，每日在街上遊盪徘徊。

在這期間，大阪流行感冒蔓延，小客棧幾乎人人都咳嗽起來。三月初，宇平與文吉也受到感染，發熱昏睡。九郎右兵衛用自己所領的錢，勉強讓三人至少都有一口稀飯喝。四月初二人恢復了，反而輪到九郎右衛門病倒了。看來體格固然健壯，只因年事已高，病情卻比兩人嚴重。因為發高燒，常在夢中喊夢話，如「等一等」、「別逃走」甚麼的。

小客棧主人顯出不耐煩的樣子，文吉好說歹說，加以勸慰，一邊細心照顧病人。九郎右衛門發病時異常劇烈，但畢竟身體底子健壯，不久便戰勝病魔了。

看到九郎右衛門恢復了健康，文吉歡喜不置。同時卻出現了一樁令人憂慮的事。那是一向情緒不穩、鬱鬱寡歡的宇平，病後在精神上呈現了明顯的變化。

宇平生就一副老實乖順的性格。但常有不通世故、發呆恍惚的時候，所以九郎右衛門才給他少爺的綽號。這個年輕人就像嫩葉隨風搖曳一般，對任何事情都非常敏感。碰到那種場合，他蒼白的臉上會泛起紅暈，變得能言善辯，與別人沒甚麼兩樣。然而激情過後，動極靜來，反而鬱鬱不樂，低頭袖手，不發一言。

對於宇平這種性格，叔父與文吉都早已見怪不怪了。只是這次的情形卻不一樣。過去總有平靜安穩的時刻，現在卻從早到晚始終興奮不停。坐臥起居都顯出急躁焦慮的現象。如今那種意氣高昂、多嘴多舌的樣子，已經絕跡了。寧可說只有一味沈默。只因興奮過度，事無大小，都會生氣。而且本來無事，他卻故意挑撥，抓人話柄，製造動怒的機會。不過到了應該生氣的時候，又不敢太露骨，只牢騷幾句，鬧一下彆扭而已。

這樣的狀態繼續了兩三日後，文吉對九郎右衛門說：「老爺的樣子看來很不對勁，不是嗎？」不知甚麼時候開始，文吉用老爺來稱呼宇平了。

九郎右衛門似乎一點也不介意，笑著說：「少爺他啊，他情緒不好，只要給他好吃的，就好了。」

九郎右衛門這樣說不是沒有道理的。他們三人日日見面，所以沒注意到：一年多來，嚐盡了窮困、病痛、羈旅三大苦難，每人的模樣都與離開江戶當日大不相同了。

便在文吉說了這話的翌日早晨。客棧的住客都出門做工去了之後，宇平在九郎右衛門面前，膝行過來，有事想說卻又默默不語。

「怎麼了？」叔父說。

「其實，有一件事我稍稍想過了。」

「不管甚麼事，就說吧。」

「叔叔，您想甚麼時候會碰到仇人。」

「那你不知道，我也不知道啊。」

「就是嘛。蜘蛛張網等待蟲來。只要是蟲，甚麼蟲都好，才會那麼冷靜地等著。如果目的是想獵取一隻特定的蟲，蜘蛛網是沒甚麼用的。我們這樣只指望僥倖會碰到，等著等著，我已經等得不耐煩了。」

「我自己跟你走了不少地方了，不是嗎？」

「是啊。要說走路，的確走了不少路了。」說罷，宇平便靜默下來。

「不錯。走是走了，可是有甚麼不對呢？沒關係，儘管說吧。」

宇平又默默無言，目不轉睛地瞪著叔父的臉。不久，開口說：「叔叔，我們走是走了相當遠，可是走來走去，始終找不到要找的人，說不定也是理所當然。張好絲網，凝神守望，固然等不到自投羅網的特定昆蟲；而走遍天下，也不見得會僥倖撞上尋找的仇家。如此往前再往前看去，總覺得越來越莫名其妙，不由得起了異樣的念頭。」宇平又膝行靠前。「叔叔，您怎麼還能保持這般平心靜氣的樣子呢？」

叔父凝聚非常的注意力，傾聽了宇平的話。「是嘛。你是那樣想的嗎？好好聽著。要是武運不佳，神佛都放棄不理了，大概就會像你所說的那樣。人可不是那樣的。腰桿挺直，就要走出去尋找；生病了，就躺下來等待機會。只要有神佛加護，遲早一定會碰到仇人。出去走走，說不定會碰到；也說不定會到躺著休息的地方來。」

宇平的嘴角上，閃現了一絲微微嘲笑般的微笑。「叔叔，您相信神佛真的會來幫忙嗎？」

九郎右衛門雖然是個不為物事所動的男人，但聽了宇平的話時，起了一種噁心的感覺。「嗯，不知道。不知道的就是神佛。」

宇平的態度顯得一副不在乎的樣子，與平時常見的興奮狀態大不相同。「就是啊。神佛是不能知道的。說真的，我真想放棄像現在所做的事，然後隨自己的方便，要怎麼做就怎麼做。」

九郎右衛門瞪大眼睛，吊起了眉梢，但看到對方蒼白的臉上泛出了血色，只能緊緊握住了拳頭。

「嗯。那麼，要放棄復仇，對不對？」

宇平輕輕地微笑了一下。似乎對自己竟能使從不生氣的叔父生氣，微微感到了滿足。「不是那樣的。龜藏的確是可恨的傢伙，如果遇到，一定好好給他臉色看看。不過，既然搜也不行等也不行，所以在遇到他以前，決定不再去想這件事情。我無意表演豪壯的復仇行動，也就不必有甚麼幫手。想知道仇人的面貌，該知道時就會知道，所以也無須面熟的人來做見證。以後請把文吉當做您的部下使用吧。我打算在近日內離開這裡。」

九郎右衛門正要發怒而未發，怒氣轉瞬頓消，在傾聽宇平的話時，變成了原來那個溫和的叔叔。只不過這是由於習慣事事開玩笑的叔父，難得偶而變得一本正經罷了。

宇平站起身，走下客棧邊廊時，叔父從後面大聲叫了「喂，等一等」，但已看不見宇平的身影了。而且叔父根本沒想到宇平會從此消失，不再出現。

傍晚等文吉回來，九郎右衛門便吩咐他出去尋找宇平。文吉來到宇平常去的街上年輕人下象棋的地方。原來以前為了打聽仇家的線索，宇平先是傾耳細聽別人的閒談，後來不知不覺也常到那裡聊天去了。文吉便先去找了那幾家。然而一無所獲。那晚九郎右衛門一直醒著，等著宇平；等到夜深，見不到他回來。

文吉在尋找宇平的路上，偶然聽見一堆年輕人在一起，談論著玉造豐空稻荷神社[81]的靈驗事蹟：何處誰家父母的病被治好了；何處誰家失蹤的孩子找到了之類。翌日，文吉事先與九郎右衛門說好，沐浴潔身後，便朝玉造而去了；為的是想請教仇人與宇平的下落。

到了稻荷神社前，看見有許多人在進進出出。有數不完的紅色鳥居，一個接一個緊緊地重疊連在一起，群眾便在這紅色的洞中來回蠕動著。神社的周圍有茶店。有年糕紅豆湯屋。甜米酒屋。紅洞兩旁可以看到雜耍團與玩具店。穿過紅洞進入神社，神官收了所謂供錢，發了號碼牌。祈求神諭的人會依照號碼先後被請進裡面去。

文吉把身上所有的錢都拿出來付了供錢。然而等了又等，等到日落，還是等不到自己的號碼。整天沒吃，也沒想起肚子會餓。酉時，神官出來說：「剩下的號碼持有人，請明天早上再來。」

次日凌晨，文吉又來到神社。因為有人號碼排在前面而還沒來，所以文吉被提前叫了進去。當文吉埋頭膜拜時，沒想到比預期還快，神官便走出來宣示了神諭：「當初開始尋人時正值春天，人即在東國繁華之地；以後有關尋人之事，並無神諭。」

文吉從玉造匆匆跑回來，把神諭告訴了九郎右衛門。

九郎右衛門聽了後說：「是嘛。說是東國繁華之地，指的當然是江戶。只是龜藏再多麼刁蠻，也不至於糊塗到回來躲在江戶。誠然，他也許聽到謠言，知道我們出外復仇去了；儘管如此，我們還有親戚也在探查，怎麼想也不相信他會回到江戶來。你上了神官的當了吧。他說以後尋人之事不得而知，不就是要你多付一次供錢嗎？」

文吉非常惶恐。好像要打斷九郎右衛門的話似的，求他別再多說，請他多多相信神明所宣達的諭示。

九郎右衛門說：「不，我並不懷疑稻荷神明。只不過怎麼想，也總覺得他絕不會在江戶。」

正在談這些話時，客棧主人忽然出現了。他說，剛才到房東那裡去領取

81 玉造豐空稻荷：今大阪市東區玉造二町目之玉造稻荷神社。

江戶送來的信件，其中有一封是給山本先生的。說著遞出信來。九郎右衛門接過，讀著封面「山本宇平先生、山本九郎右衛門先生同啟。櫻井須磨右衛門緘。平安」時，平常在客棧裡也不忘主從禮儀的文吉，急著想知道從聽說過的繼室娘家那邊到底會傳來甚麼消息，竟禁不住把頭伸到九郎右衛門打開的信紙上來。

復仇一行人出門後，故三右衛門的遺孀先在娘家櫻井須磨右衛門處，等待宿疾轉好。過了一陣子，由於遭遇的不幸慢慢淡去，而且周邊也恢復了平靜，她的頭痛居然減輕了不少。胞弟須磨右衛門固然親切，照護有加，但總覺得不好意思老是依賴人家。因此，遺孀說想出去找個比較輕鬆的工作，終於找到了小川町俎橋邊豪家[82]大澤右京大夫基昭的宅邸，成為夫人的使用人。

宇平的姊姊利與寄居叔母女婿原田家後，每每趁著掃墓或出去辦事時，傾聽賣芥菜婆婆等人的世間謠傳，只盼萬一或能聽到仇家的下落。但不知不覺間，一年之服喪期結束了。於是，出去處處找事做，每家工作一個月或兩個月，除了幫助自己的家計之外，希望自自然然或可藉以找到一些復仇的線索。最初，住進了本所[83]某家。這是一家遠親，因而受到不知是用人或客人的待遇，事無大小都得照料。其次，由於姑奶奶在赤坂姓堀的家中內院工作，所以過去幫忙。其次，到麻布某家工作。再其次，在本鄉弓町有一家遠親，是近衛官本多帶刀的部屬，便換到那邊去工作。如此這般，幾次更換工作地點後，從天保六年春天起，進入近衛官酒井龜之進在御茶水的宅邸內院做事。這位酒井的妻室便是淺草酒井石見守忠方[84]的女兒。

遺孀與利與都想打聽仇人的下落，尤其利與日夜為之心力交瘁，卻總

82 俎橋：東京九段坂下架在外護城河上之橋名。在今千代區九段南一丁目與神田神保町三丁目之間。

豪家：原文高家，幕府職稱，掌幕府對朝廷關係之儀式、典禮等事宜。為世襲之職。

83 本所：及以下所舉古地區名赤坂、麻布、本鄉、御茶水，皆在江戶（東京市）範圍內。

84 酒井忠方（一八〇五—一八七）：江戶後期大名，出羽松山藩藩主，祿二萬五千石。

是找不到任何線索。九郎右衛門與宇平的信息越來越少，而在江戶也一無所獲，徒費時日。女人心裡的沮喪無告，不能以言語形容。

日月如梭，到了天保六年五月初旬。有一天，遺孀娘家的櫻井須磨右衛門參拜了淺草觀音後，在茶店坐下休息，一度停止的陣雨又下了起來。那時有兩個看似遊手好閒的男人，跑入茶店簷下來避雨。他們站在簷下，等著陣雨變小。聽到他們說了這樣的話。

一人說：「有事想告訴你，卻忘了。昨晚在神田，就像現在同樣碰到大雨，我蹲在一家批發酒店緊閉的門口。有個傢伙也跑了進來。一看，不就是酒井家的那個阿龜嗎？我吃了一驚。臉皮真厚，竟敢回江戶來。喂，阿龜。我招呼了一聲。欸，他轉過頭，急忙說別認錯人，咱是阿虎。說罷，不管傾盆大雨，冒著大雨溜之大吉了。」

另一人說：「那就是說，他又回來了。真是膽大不要臉的傢伙。」

須磨右衛門向兩人打了招呼，請問那個阿龜是甚麼樣的男人。兩人被武士查問，顯出極端為難的樣子；回答說，就是前年年暮，在酒井家宅邸裡做了壞事而逃掉的武士家僕役龜藏。最後還說：「沒甚麼。大概真的看錯人了。說不定真的是叫阿虎。」企圖含糊其詞。須磨右衛門想，這兩人只說偶然遇見過龜藏，即使逮捕了他們，也不見得會有甚麼用處；又想不能驚動龜藏而使他倉皇逃出江戶，所以便若無其事似的讓兩人離開了。

在大阪九郎右衛門所接到的，便是櫻井通知他們龜藏躲在江戶的書信。文吉立刻前往玉造參拜，感謝神明的冥助。九郎右衛門等文吉回來後，分頭到大阪街上，巡迴各處不同的出口站；尋訪長途轎站的轎夫、港口的船運商家等處，打聽宇平的行蹤。但都徒勞無功。

九郎右衛門不得已，只好放棄追尋姪子的想法，開始做歸返江戶的準備。路銀即使用完了，也不能動用預備款，或典押衣物長短刀之類。九郎右衛門身穿花色單衣，纏小倉腰帶，上披藏色碎點白布外褂，腰插二刀。攜帶物有粗毛織料腰包、灰色木棉手紙袋、捕棍、捕繩。文吉也將早就備好的花色單衣穿上，纏小倉腰帶，把捕刀捕繩放在懷裡。

九郎右衛門主從二人給客棧主人送了禮金，又順路到攝津國屋致意之後，便於六月二十八日搭乘夜船，從伏見渡到了津[85]。三十日遇上暴風，但只在阪下停泊了半日。其後一路順暢，二人於七月十一日夜安抵品川[86]。

十二日寅時二人離開品川的旅店，前往淺草遍立寺，依然穿著草鞋，上了三右衛門的墓。然後拜會住持，在寺裡休息了一宿。

翌日是盂蘭盆會，是有些親戚會來掃墓的日子。九郎右衛門請住持不要告訴任何人他們來這裡的事，然後與文吉到廚房裡躲了起來。住持問為甚麼，九右衛門只說：「古人云，謀宜密。」支吾過去，便不再開口了。來掃墓的有原田、櫻井家的女眷，規規矩矩在武家勤務的遺孀與利與並沒有來。

到了戌時下刻，九郎右衛門對文吉說：「好，現在就出去找人。找不到，走到腿軟也得繼續走。」

兩人依然是旅行打扮，先走向淺草的觀音。靠近雷門時，九郎右衛門對文吉說：「大概不會變成和尚吧。總之不管變成甚麼樣的打扮，絕對不可放過。不過，反正不至於穿得很體面就是了。」

在寺院內繞了一圈，拜了觀音，感謝冥冥中安排櫻井碰到認識仇家的人。然後從藏前到了兩國[87]。今天雖然悶熱，因為有放煙火活動，出來乘涼看煙火的人群擠來擠去，相當熱鬧。到了點燈時分，兩人在茶屋休息了一會，等汗水稍乾，又走路去了。

看不見河水，也看不見船隻。隨著玉呀鍵啊[88]的叫聲，群眾便仰起頭去看群眾上面爆開的煙火。

大概是酉時下刻。文吉從背後拉了五郎右衛門的袖子。九郎右衛門沿著

85 據推測，蓋於六月二十八日夜，自大阪京橋上船，翌晨抵京都伏見，然後經陸路至大津。

86 阪下：今三重縣鈴鹿郡關町阪下，在鈴鹿嶺南麓，古東海道五十三驛站之一。品川：今東京都品川區東北部。古東海道驛站，江戶南向門戶。

87 藏前：今東京都台東區淺草、隅田川西岸地帶，江戶時代幕府有米倉在此。兩國：今東京都墨田區兩國橋附近地帶。

88 玉鍵：當時兩國所放煙火（花火），據云皆分由橫山町鍵屋與兩國橫小路玉屋所承辦，互相競放以比高低，是以觀眾間有玉呀鍵啊支援之聲。

文吉的視線，看到走在左前方一步的高個子男人。穿著舊木棉單衣，纏著舊花色條紋博多腰帶。

兩人默默地跟在後面。是月光澄澈的晚上。轉入橫山町。經鹽町到大傳馬町。橫過本町，從石町河岸過龍閑橋[89]到鎌倉河岸。來往行人漸漸稀少。九郎右衛門拿出手巾，包住雙頰，故意東倒西歪。文吉裝著扶他走路的模樣。

來到神田橋外原護持院二番原[90]時，恰好是子時前後。街上人蹤絕跡。九郎右衛門向文吉遞了個眼神。兩人的兩個身體好像在同一個意志下，從背後撲向前面那個男人。不發一聲，緊緊地抓住了他的雙手。

「幹麼呀？」男人叫著，全身扭來扭去，試圖掙脫。

兩人默默無言，好像鉗子夾著釘子一般，從兩邊揪住對方的胳膊腕子，把掙扎扭動的男子拖到路旁一棵樹下。

九郎右衛門用彷彿節光板擋住烈火的聲音說：「本人就是前年年暮，被你這傢伙殺害的山本右三衛門的親弟九郎右衛門。快快報上出生地與姓名來。還是覺悟了吧。」

「那，看錯人了。咱是泉州人[91]虎藏。不記得做過那樣的事。」

文吉瞪著雙眼盯住對方的臉。「嘿嘿，龜小子。你眼睛下面有顆黑痣，我都知道。別裝傻了。」

男子看了文吉的臉，就像草葉萎霜似的，突然垂下了頭。「欸，是文公啊。」

九郎右衛門聽了這話，立即從懷裡掏出了捕繩，緊緊綁住了男子。然後吩咐文吉說：「這裡已經沒你的事了，趕快到御茶水酒井龜之進大人家，傳這樣的口信：在下是保薦利與到貴府內院來侍候的仲介派來的。她母親染了霍亂，聽說恐怕撐不到黎明。懇求貴府特別下令准她請假，讓她與母親見最

89 龍閑橋：神田護城河上之橋，由石町過橋至神田方面。

90 原護持院二番原：指今千代田區神田錦町一至二丁目間、從神田橋至一橋北側一帶。原護持院元祿寺遷至大塚後，稱為護持院原，分成一番原至四番原。

91 泉州：和泉國。今大阪府南部。

後一面。就是這幾句話。快去。」

文吉「哈」了一聲，便朝錦町的方向跑去了。

今夜，酒井龜之進家內院下班較晚。利與剛回到自己的房間，正準備換上睡袍時，前輩老婆婆來請她過去。

利與想，好在還沒卸妝，立刻站起身，穿上室內草屐，經過緣廊，來到老婆婆的房間。

老婆婆說：「有人從你的仲介處來傳話，說令堂患了急病。唉，目前不巧有盂蘭盆會，正是忙得不可開交的的時候，但是母親生病不是小事，還是回去看看吧。看了令堂以後，再晚也得趕回宅院裡來。明天可以再替你請假。」

「感激不盡。」利與接受了建議，走出了老婆婆的房間。

利與覺得不換裝也可以出去，但想看看傳話的人是誰，便到內院的入口去窺視了一下。利與還穿著上班時的服裝，木棉中型單衣，纏著黑緞子腰帶。在內院門口見到了一身旅行裝束的文吉，才知道母親的病只是個口實。有兩三個隨利與之後離開內院的夥伴，好奇地聚集在廊下，想觀望利與與傳話人見面的情形。

「等一等，忘了要帶的東西。」利與自言自語，快步折回了自己的房間。從裡邊匆匆拉緊了房門，打開了藤籠。先取出了一件準備換穿的單衣。接著把胳膊探到籠底，摸到了一把短刀。那是父親值夜班時所帶的腰刀。利與把兩個物件敏捷地包在綢巾裡，帶出去了。

在路上，文吉向利與報告了抓到仇人的原委，不覺間到了護持院原。利與向九郎右衛門打了招呼。因為來不及換穿單衣，只從包袱抽出了短刀。

九郎右衛門告訴仇人說：「這裡來的就是三右衛門的女兒。把殺害三右衛門的事，還有自己的生地姓名，快說。」

仇人抬頭看了看利與。「反正我完了。實話實說吧。不錯，殺傷山本大人的是我，可並沒把他殺死。賭錢賭輸了，缺錢用，想起怎麼弄錢，才犯下了那麼愚蠢的事。我是泉州生田郡上野原村吉兵衛的兒子，名叫虎藏。在住進酒井大人家當家僕的時候，隨口說自己叫龜藏；其實那是在紀州認識的一個賭徒的名字。此外無話可說了。請盡量為所欲為吧。」

「說的好。」九郎右衛門說。於是向利與與文吉傳了個眼神，解開了綁著虎藏的繩子。三人從三面漸漸向他逼近。

虎藏的繩子解開了，垂頭喪氣地站著。忽然像猛獸看準獵物一般，倏地彎下前身，撲向利與，想把她推倒，趁機逃走。

利與眼快，退後一步，揮起握在手裡的短刀，直覺地砍向對方。從右肩頭斜砍而下，砍到前胸。虎藏搖搖晃晃。利與又砍了第二刀第三刀。虎藏倒下了。

「好極了。最後讓我來。」九郎右衛門騎在虎藏身上，刺了他的喉嚨。

九郎右衛門用虎藏的袖子拭了刀上的血，也讓利與擦了短刀。兩人淚眼汪汪。

「可惜宇平不在場。」利與只說了這句話。

九郎右衛門等三人到河岸本多伊予守所轄組合的警衛所[92]去，詳細報告了事件的始末。警衛組合值月西丸近侍鵜殿吉之丞[93]的部下玉木勝三郎組合的值班警衛聽取了報告。由本多轉呈督察。由警衛所組合遠藤但馬守胤統通知了酒井忠學的留守家臣[94]；酒井家已在今年四月改換世代了。

酒井家派官員來，記錄了三人的口供，向忠學匯報了。

---

92 本多伊予守：即本多忠升（一七九一——一八五九），伊勢神戶藩藩主，封伊予守。其江戶藩邸在神田橋御門外，靠近護持院原。

警衛所：原文辻番所，幕府與高級武家在附近交叉街口所設崗哨站或巡邏站。

93 西丸：江戶城郭中央謂本丸，其西側為西丸，將軍世子或將軍退隱後之所居。

鵜殿吉之丞（一八〇八—六九）：名長鋭，號鳩翁。歷任小納戶（近侍之一）、目附（監察），關心幕府末期幕政改革，致力於日美和親條約之建立。

94 酒井忠學（一八〇八—四四）：於天保六年（一八三五）繼承酒井忠實為姬路藩主。

留守家臣：原文留守居：在諸藩江戶藩邸負責與幕府或他藩之聯絡、交涉及情報收集之職。

翌十七日早上，護池院原擠滿了好奇的觀眾。山本家的親戚不久也都趕來看復了仇的三人。鵜殿家給這三人送了壽司與點心。

酉時下刻，在西丸督察低階武士隊長十五番組水野采女的指示下，西丸武士偵探永井龜次郎、久保田英次郎、西丸小偵探平岡唯八郎、井上又八、使者志母谷金左衛門、伊丹長次郎、搬運工四人，出差偵辦。加以本多家、遠藤家、平岡家、鵜殿家，也派人參與其事。首先檢查三人的身體、衣類、攜帶物、有無負傷等。無人受傷。其次收取了永井、久保田兩個偵探所獲的口供。其次檢驗屍體。以酒井家前家僕龜藏之名載在報告上的創傷如下：「背後左方刺傷一處，寬約一寸，傷口腫脹，不能測其深度；後頸砍傷一處，長約三寸，深約二寸；同後頸下方砍傷一處，長約一寸五分，深約六分；左耳側砍傷一處，長一寸，深約六分；從右肩向胸乳有一條砍傷，長約一尺，深約四寸；右肩頰骨砍傷一處，長二寸，深約一寸；咽喉刺傷一處，長約三寸。以上共計七處。」衣類有木棉單衣、博多腰帶。攜帶物有淺蔥色手巾一條。屍體委由玉木勝三郎保管。其次，記錄了龜藏仲介人神田久右衛門町代地富士屋三郎、同五人組、龜藏轉介商若狹屋龜吉的供詞。其次，錄了最初聽取九郎右衛門報案的那個值班武士的口供。

驗屍的官員於戌時上刻離開。驗屍結束後，分別由鵜殿吉之丞向西丸監察松本助之丞，由酒井家留守人庄野慈父右衛門向酒井家監察，再由酒井家向值月大老大久保加賀守忠真，轉呈報備。

十五日卯時下刻，依水野采女指示，把九郎右衛門等三人交給了庄野。昨晚酉時，為了迎接九郎右衛門與利與，有兩頂酒井家所派的轎子，便來到巡邏站等候著了。九郎右衛門與文吉寄住本多某家；利與則委託神戶家照顧。

當日酉時下刻，町奉行筒井伊賀守政憲[95]召見九郎右衛門等三人。酒井派了監察、偵探員、步族班長率步卒多人，嚴加警衛轎裡的二人與徒步的文

95　筒井政憲（一七七八－一八五九）：江戶後期幕臣。通稱右馬助。敘從五位下，封伊賀守、和泉守。任江戶南町奉行。晚年參與幕府外交政策，曾致力於日俄和親條約之簽訂。

吉。三人接受筒井政憲的親自審訊，於戌時下刻結束離開。

十六日筒井再度傳喚九郎右衛門等人。酉時下刻接受捕警仁杉八右衛門的審問，錄了供詞。

當日利與與三右衛門遺孀，分別從酒井龜之進家與大澤家，如願獲准辭職。利與的前主人細川家送她復仇成功的賀儀。

十九日，筒井三度傳喚。九郎右衛門等三人奉命聽完他們供詞的草稿，於酉時下刻退下。

二十三日，筒井四度傳喚。在口供謄寫本上蓋了印章與指印。

二十八日，筒井五度傳喚，以便傳達值月老中水野越前守忠邦的指示：九郎右衛門與利與，「其所作為，值得欽佩，無須顧慮」；文吉則「行事仔細之至，亦無須顧慮」。然後恭聽了筒井的褒獎，於酉時下刻退出。

繼之，酒井家的監察長，由於町奉行的調查已經結案，所以面諭九郎右衛門、利與、文吉三人：「依循平常作息，不可有乖人情。」九郎右衛門與利與把天保五年二月所取得的示意圖等資料，交給了監察長。

閏七月朔日，利與收到酒井家的召見令。辰時下刻，親戚山本平作、櫻井須磨右衛門穿著武士正裝，同往家老的辦事處。家老河合小太郎的陪席大監察布達說：「身為女性，難能可貴，有特別獎賞。汝其承繼三右衛門家名家業，且賜予俸祿十四人份。宜取適合之人為入贅婿。又近日中宜安排晉謁城中將軍府。」

十一日利與晉謁將軍府邸，承賜「御紋黑色縐紗、搭配紅裡絲綿、純白紡綢一襲」，加糕點一盒。同日，濱町繼母處送來「條紋縐綢一端」；故酒井忠質的夫人賜下「高砂染縐綢包巾二、扇二把、禮包」。

關於九郎右衛門，則酒井忠學對家老本多意氣揚有所指示：「於九郎右衛門別無安排，可遵其前職用之。唯其行事周延，可堪褒獎，故特賜以御紋武士正裝一套。」本多為九郎右衛門增俸一百石，並升等為用人首席。利與也承本多贈予「綢緞錢一千匹」；本多的母親贈予「條紋縐段一端、合菜飯盒一盒」。

文吉則被酒井家監察所召見，以山本九郎右衛門部下的資格，聽了上面的指令：「因格外盡力從事，升等為小吏，賜金二兩、俸二人份。」此後改姓氏為深中，在酒井家下邸當巢鴨[96]的庭林管理員。

此次復仇事件發生時，屋代太郎弘賢[97]已經七十八歲，寫了一首讚美之歌送給利與：「此事恐不再，祭靈志未酬，巾幗逢其會，得報父兄仇。」幸而大田七左衛門南畝[98]已去世約十二年，沒有人會寫打油詩來揶揄屋代了。

*本篇寫於大正二年十月，所依據之主要文獻如下：
《山本復讎記》
《巷街贅記》

96 巢鴨：今東京文京區原町。

97 屋代太郎弘賢（一七五八—一八四一）：江戶後期幕臣、國學者。名詮虎，改為詮賢、詮丈，號倫池。博覽、能書。編撰《寬政重修諸家譜》、《國鑑》、《古今要覽》等書。

98 大田南畝（一七四九—一八二三）：江戶後期幕臣，漢學家、狂詩狂歌師、戲作文學（灑落本、滑基本、黃表紙之類）作者。通稱直次郎，名覃，字子耜，號寢惚先生、四方赤良、蜀山人。所編所作甚多，有《蜀山人全集》。案：日文狂歌與漢語狂詩，類打油詩，以諧謔之體表現揶揄之旨。蜀山人堪稱古今高手。

山椒大夫

さんしょうだゆう

經越後國春日往今津[1]的路上，走著一群不尋常的旅客。母親是剛過三十歲的女人，帶著兩個孩子。姊姊十四，弟弟十二。還有一個四十上下的女傭，鼓勵著疲憊的姊弟兩人繼續走路：「不久就會到客棧了。」兩人之中，姊姊拖拉著雙腿走著，但意志剛毅，不想讓母親和弟弟看到自己疲倦的模樣，所以不時裝出有彈性的步伐。如果只是結伴要到附近的寺社去參拜，應該不至於讓人覺得有甚麼特別；只是那正經八百的斗笠啊手杖的打扮，在別人的眼裡，總顯得不同尋常，也覺得可憐。

他們走在斷斷續續旁有農家的路上。雖然滿地砂礫，但是在秋季晴朗的天空下，卻變得相當乾燥，而且雜著黏土，所以堅固踏實，不像走在海濱沙灘上，腳踝會埋入沙子裡，惹人懊惱。

經過幾棟稻草葺頂的農家，有一家圍在柞木林中，照在明亮的夕陽下。

「哎唷，看看那美麗的紅葉。」走在前頭的母親指著紅葉跟孩子說。

孩子轉頭看了一下母親所指的方向，不發一語。女傭接著說：「樹葉都染成那樣了，難怪早晚都變冷了。」

姊姊突然回頭看弟弟說：「真想趕快到父親所在的地方。」

「姊姊。要找到，還早得很呢。」弟弟自作聰明地說。

母親諄諄開導似地說：「是啊，就是那樣。以後還得越過許多像以前越過的山嶺，還得搭好幾次渡輪，渡過許多河流或大海，才能抵達那個地方。所以每天還得打起精神來，乖乖走路喔。」

一群四人好久沒人說話。

前頭看到一個扛著空木桶子的女人。是鹽濱汲海水煮鹽的女工要回家了。

女傭向她打招呼說：「喂喂。這邊有沒有收容旅客過夜的人家？」

那個煮鹽女停下腳步，環視了主從四人。然後說：「哎呀，好可憐啊。真的不巧，太陽都快下山了。這裡肯收容旅客的地方一家也沒有。」

---

1 越後國春日：今新潟縣高田平原西北部、關川東岸。今津：蓋指古時之今町，今新潟縣上越市面臨日本海之直江津。

女傭說：「那是真的嗎？為甚麼風氣會這麼不好呢？」

姊弟兩個聽見對話的語氣越來越高，有點在意，走近煮鹽女的身邊，和女傭三人好像把她圍在中間。

煮鹽女說：「那倒不是。這裡原來是個信徒很多、風氣很好的地方。可是因為有國守[2]的指令，才不得不變成這樣子。就在那邊，」女的指著剛才走來的道路，「就在那邊，走到那座橋頭，可以看到告示牌。聽說上面寫著詳細的規定：由於最近發現有惡棍人口販子在此地出沒，故若有接納旅客供住宿之家，必受盤查處罰。鄰近七家聽說也會受到牽連。」

「那怎麼辦呢。又帶著孩子，再也走不遠了。總得想個辦法呀。」

「那倒也是。如果你們要走到我工作的鹽濱地方，那就進入夜裡了。恐怕只有在這附近，找個好地方露宿，沒有甚麼其他的辦法。我的建議是可以在那邊橋下過夜。緊靠著岸邊防水石牆的河灘上，豎著許多又粗又大的木頭。那是從荒川[3]沖下來的漂流木。白天常有孩童在那兒玩耍呢。裡頭有一處連日光也照不到的黑暗角落。那裡連風也透不進去。我住在每天工作的鹽濱老闆的家裡，就在那片柞木林中。到了晚上，我會把稻草鋪蓋送過來。」

孩子的母親一人隔在旁邊站著，聽了這話，走到煮鹽女前面。

「路逢好人，真是我們的運氣。就到那邊過夜吧。真的希望能夠借用草鋪草蓋，至少讓小孩睡覺時有鋪有蓋的東西。」

煮鹽女答應了，就向柞木林那邊回去。主從四人趕忙走向橋頭。

*

他們一行來到橫跨荒川的應化橋畔。正如煮鹽女所說，立著新的告示牌。牌上所寫國守的指令，和鹽女所說的並無不同。

如果有人口販子出沒，把那些販子抓起來審處，不就沒事了嗎？禁止過

2　國守：朝廷派往諸國國司統轄藩國政務之長。

3　荒川：今稱關川，經新潟縣北部與山形縣交界西流入海。其近海下游段仍稱荒川。

路人借宿，逼使夜間旅客走入迷途；國守怎會頒布這樣的法令呢？真是好管閒事、愚蠢透頂。不過，當時的人眼裡法令就是法令。小孩母親覺得不巧來到有這種法令的地方，只能感嘆時乖運蹇而已。根本沒想到法令的好壞。

橋畔有一條洗衣人下河灘時走出的小徑。他們一群從那小徑下到了河灘。果然看到許多許多木頭靠著豎在石牆上。一群沿著石牆鑽入木材下面。男孩興致大發，勇敢地走在前頭。

走到深處，變得如同洞穴一般。下面橫著大塊木材，好像鋪著地板似的。

男孩在前面，坐在橫木材上，爬進最深的角落。大聲叫：「姊姊快來。」

姊姊提心吊膽走到弟弟身邊。

「欸，等一等。」女傭說著，卸下了背上的揹包。然後取出換穿的衣服，叫孩子靠邊，鋪在角落裡，讓母親和孩子坐下。

母親一坐下，兩個小孩就從左右摟著她。自離開岩代信夫郡[4]的住處以來，到目前為止，即使在人家借住，他們也睡過比這個木材陰洞更簡陋的地方。對於不方便的生活，已經習以為常，不覺得那麼辛苦了。

女傭從包袱裡拿出來的不只是衣類。還有用心準備的食物。女傭拿出來放在親子面前。「這兒不能起火，為了防備怕被壞人看見。我這就去那個甚麼鹽濱的主人家，討點開水來。還有拜託借用稻草鋪蓋的事。」

女傭手腳俐落地出去了。孩子們開始吃起米花糖[5]和乾果來。

不久，彷彿有人向這木材陰暗處走來的聲音。「竹婆嗎？」母親出聲問道。心裡卻懷疑，往來柞木林之間，未免太快了些。竹婆就是女傭的名字。

進來的是一個四十上下的男人。看他骨骼粗壯、肌肉塊塊凸顯可數、脂肪不多，活像牙雕的人偶，笑容可掬。手裡拿著念珠。如同走在自己家裡一樣，以熟習的腳步，走了進來。然後在親子三人所坐的木頭一端坐下。

親子三人只管以驚訝的眼光注視著他。不像是追來報仇的人，所以並無

4　岩代信夫郡：岩代國古屬陸奧，今福島縣福島市。名古歌枕。

5　米花糖：原文粔籹，據《倭名類聚鈔》（和名抄），用糯米或小米蒸熟後，曬乾炒熱，和以麥芽糖、花生、芝麻、大豆等物壓成板狀切塊之糖粿。

恐怖的感覺。

男人開口了。「我是個船家，名字叫山岡大夫[6]。近來因為這個地區有人口販子出沒，國守頒了不准接納旅客住宿的禁令。逮捕人販子的事，顯然國守也應付不過來。可憐的是旅客。因此，我才決定出來設法幫助旅客的安全。好在我的住家離街道較遠，偷偷留人過夜，也不必太顧慮別人的眼光。我就這樣，巡迴過客可能露宿的樹林或橋下，到現在已帶回了相當多的過路旅客。看孩子們吃著粗糙的糕點，那種東西是吃不飽的，而且會傷到牙齒。舍下雖然沒甚麼了不起的招待，至少可以請吃蕃薯粥。總之別客氣，就到舍下來吧。」男的自言自語似地說，並沒有強人所難的口氣。

小孩和母親仔細聽著，對於世上居然有人為了救人而敢於犯法，覺得實在難能可貴，為之大受感動。於是說：「拜聽嘉言，殊勝難得，令人欽佩。只是借住依法禁止出借的人家，總是擔心會給居停惹來麻煩。可是不管怎樣，只要讓孩子們能夠吃到熱熱的米粥，睡在有屋頂的房子裡，大恩大德，我將不敢或忘，直到後世來生。」

山岡大夫點了點頭。「哎呀呀，真是一位懂事的女士。那麼，現在馬上就帶你們去吧。」說著就要站起身來。

母親猶疑不決，說：「請稍等一等。我們三人要承蒙照顧，心裡都已覺得很不安了；其實不好意思相告，還有一個同伴。」

山岡大夫傾耳而聽。「有同伴啊。是男的還是女的？」

「是為了照顧孩子而帶出來的女傭。剛才說要出去乞求一點開水，所以從來路折回三四町遠的地方。大概不久就會回來了。」

「是女用人啊。那麼，只好等一會再帶你們一起走吧。」在山岡大夫那沈著而莫測高深的臉上，閃現了一絲喜悅的表情。

*

6 大夫：按律令制，大夫為五位官職之通稱，後來俗化以稱師傅、頭目、老闆、工頭等。

這裡是直江浦[7]。太陽還躲在米山[8]背後，深藍的海上漂浮著一層薄霧。有個船伕載著一群乘客正在解纜。船伕就是山岡大夫，乘客是昨晚住在大夫家的主從四個旅客。

在應化橋下遇見山岡大夫的母親和孩子二人，等到女傭竹婆用破損的瓶子討到開水回來後，就被大夫帶著前往借宿的地方了。竹婆一副不安的臉色，只好跟在後面。大夫帶著四人向南走入松林之中，安排他們住在一間草屋裡，端出了蕃薯粥。然後詢問從何處來，往何處去。母親先讓睏倦的孩子睡覺後，在微暗的燈光下，大略訴說了自己的身世。

母親說，自己是岩代國人。丈夫遠赴筑紫[9]而不歸，才決定帶著兩個孩子出來尋訪。竹婆是從女兒出生時就來家裡的保姆。因為無依無靠，就讓她陪著一起上了這個遙遠而毫無把握的旅程。

就這樣來到這裡，但一想起要到筑紫那麼遠的地方，就好像有剛剛出門的感覺。以後要走陸路呢？還是要坐船渡海？主人既然是船家，一定熟知有關遠國的情形。敬請多多指教，孩子們的母親懇求說。

這問題的答案是明顯不過的，大夫毫不遲疑地建議最好走海路。要是走陸路的話，在進入鄰近越中國的邊界，就有親不知子不知[10]的險灘。海岸懸崖峭壁，崖下狂浪來回。旅人躲在岸洞中，等著浪潮一退去，就跑著穿過岩石下的步道。那時親不能顧子，子不能顧親。那是海邊的險路。又在越過山嶺的時候，處處有險峻的路段：一不小心踩鬆了一塊石頭，恐怕就會掉落千尋谷底。要到西國去，一路上不知有多少難關。比起來，海路要安全多了。只要依賴可靠的船伕，坐在船上，就可無憂無慮暢行百里千里。自己雖然不能去西國，不過跟諸國的船伕都很熟和，因此可以用小船送各位去轉乘往西

7 直江浦：新潟縣西南部舊市名，面臨日本海。今為上越市港口。

8 米山：今新潟縣中部柏崎市與中頸城郡柿崎町交界之山。直江津在其東北。

9 筑紫：九州古稱。原指九州北半部；後為九州全體，即西海道諸國之總稱。又稱西國。

10 親不知子不知：北路道最艱險之海岸路段，在越後國（新潟縣）西端與越中國（富山縣）交界處。據云一面為斷崖絕壁，其下有險灘小徑。人往來其間，浪峯來時，隱身岩石後；波濤退時，則出而急奔。波浪來去匆匆，間隔轉瞬即逝，急奔之餘，無暇顧其親，無心念其子，故有此名。

國的大船。明天一早，就帶你們坐船出去，大夫若無其事地說。

次日，東方一發白，大夫就催促主從四人趕快上路。那時孩子的母親從小袋子摸出金子，準備支付住宿費。大夫加以阻止說，住宿費是不會收的，但是願意代為保管那裝有金子的重要小袋子。據說只要有貴重物品，住宿時或搭船時，有分別交給居停或船家保管的習慣。

孩子們的母親在得以有借住的地方之後，對於主人大夫的吩咐，總是感到一種非聽不可的壓力。對他竟敢於違反禁令，慷慨提供住宿的地方，固然感激不盡；但還不至於事事完全信任大夫的說辭。其所以變成這樣，是因為在大夫的說辭裡，似乎有一種強人所難的力道，使得母親無法抗拒。其所以無法抗拒，是因為彷彿含有某些令人恐懼的威脅。然而母親自己對大夫並不覺得有甚麼恐懼，因為她對自己的心並不完全瞭解。

母親以無可奈何的心情坐上了船。孩子們望著無風無波、彷彿鋪了藍色毛氈的海面，覺得稀奇，高高興興地坐上了。只有竹婆的臉上，自昨天離開橋下之後，不安之色一直沒有消失。

山岡大夫解了纜。用竹篙插岸一推，小船就搖搖晃晃地浮出海去了。

*

山岡大夫暫時沿著岸邊，向南朝越中國界划去。眼看晨靄逐漸消失了。波浪反映著陽光。

在一處無住家的岩岸陰影下，海浪刷洗著沙灘，打上了海草和海帶。那裡停著兩隻小船。

船伕看到大夫，就打了招呼。「怎樣，有嗎？」

大夫舉起右手，彎了大拇指。然後把船划過去，跟別的船繫在一起。只彎了大拇指，是傳達有四個人的信號。

早在那裡等待的船伕之一，名叫宮崎之三郎，是越中國的宮崎人，展開了左手拳頭。右手傳達有無貨物的信號，左手則暗示價錢的多少。展開拳頭表示出價五貫文[11]。

另一個船伕說「加碼」，伸出左臂，展開拳頭，接著豎起食指。這個人是佐渡國之二郎，出價六貫文。

「好狡猾的傢伙。」宮崎大聲一叫，站了起來，一副打架的態勢。佐度回嗆說：「搶先出價的不就是你自己嗎？」也做了打架的架式。兩艘船搖晃相撞，船舷激起了海水。

大夫冷靜地看了看兩個船夫的臉。「別急別急。見者有份，不會讓哪一位空手回去。怕客人在船上太擠，建議分成每艘各二人。船費用剛才加碼的價錢平均分攤。」這樣說著，大夫回頭對客人說：「好啦，請每兩個人坐一隻船，快過去坐吧。都是往西國的便船。要船快速，太重了就跑不快。」

兩個孩子坐宮崎的船，母親和竹婆坐左渡的船，都由大夫抓著他們的手移了過去。大夫在幫客人換船的時候，手上已握著宮崎和佐渡付他的幾緡錢[12]。

「那、那個老闆保管的錢帶呢？」竹婆正想拉住山岡大夫的袖子時，他把空船倏地撐開划走了。一邊說：「我這就告別了。我的工作是用我可靠的手交給別人可靠的手。如此而已。祝一路平安。」

急促的櫓聲響起，山岡大夫的小船眼見越划越遠。

母親問佐渡說：「這兩隻船是不是會划行同一海道，抵達同一港口？」

佐渡和宮崎互相看了一眼，大聲笑了起來。然後佐渡說：「蓮花峯寺[13]和尚曰：所乘之舟乃弘誓之舟[14]，同往彼岸。」

兩個船伕不再開口，默默地划出了船。佐渡的二郎向北划。宮崎的三郎向南划。「哎呀呀。」親子主從呼來叫去，只不過越離越遠了。

母親發瘋似的把手攀在船舷上，踮起腳，對孩子說：「沒辦法了。這就分別了。安壽要把護身佛地藏菩薩保管好。廚子王要把父親留下的護身短刀

11 五貫文：十文為一錢，一百錢為一貫。五貫文為五千文。

12 緡：古代以緡串錢，每緡可串一千文，故通常以一千文為一緡，即一貫文。

13 蓮花峯寺：在今新潟縣佐渡郡小木町小比叡。真言宗智山派，號小比叡山。

14 弘誓：佛家普濟眾生之大願。親鸞〈高僧和讚〉云：「生死苦海無邊，必將我等溺眾，救上弘誓之舟，安全送達彼岸。」

保管好。兩人最好不要分開。」安壽是姊姊，廚子王是弟弟的名字。

孩子們只得「媽媽、媽媽」的叫喊。

船與船漸漸離遠了。回頭看後面，只見孩子像雛鳥張口等母鳥餵食一般，已聽不到甚麼聲音了。

竹婆開口對佐二郎說：「請教船老闆，請教、請教。」佐渡毫不理會。終於摟住他那赤松樹幹般皸裂的腿。「船老闆，這是怎麼一回事啊。硬把小姐少爺活生生帶走，到底要帶他們到哪裡去啊？夫人也是一樣。以後靠誰過日子呢？請您划到另外一隻船那邊。後世來生感激不盡。」

佐渡一聲「討厭」，踢了一腳。竹婆倒在船上。頭髮散亂，碰到船舷。

竹婆站起身來。「唉，到這種地步。夫人，對不起。」說著，突然頭下腳上地跳進了海裡。

船夫「喂」了一聲，伸手去抓，已經來不及了。

母親脫下了身上的夾衣，放到佐渡面前。「這是粗陋的東西。請收下，表示承蒙照顧的一點心意。我也要在這裡告辭了。」說罷，把手放在舷上。

「混帳東西。」佐渡抓住她的頭髮，把她摔倒。「還沒賣掉，不能讓妳死。妳這是貴重的貨物。」

佐渡二郎取出繂繩，把母親團團綁住，丟在船板上。然後一直向北划去。

＊

宮崎之三郎載著還不停地叫著「媽媽、媽媽」的姊弟兩人，沿著海岸，划向南方。

「別再叫了。」宮崎叱罵一聲，說：「即使海底的魚類聽得到，那個女人根本聽不到。那兩個女人大概會被送到佐渡，在小米曬場做些趕鳥甚麼的雜事。」

姊姊安壽跟弟弟廚子王哭著抱在一起。兩人一直以為不管是在離開故鄉的時候，或是在迢遙的旅途上，都會跟母親永遠同行同止；從沒想到現在竟然被逼拆開，不知以後如何是好。只有悲哀充溢腦際，一片混亂，無法理解這一分離，到底會為自己的命運多大的變化。

到了午時，宮崎拿出糕餅，也分給了安壽和廚子王各一塊。兩人把糕餅拿在手裡，根本不想吃，只顧眼對眼哭泣著。晚上就在宮崎搭架的船蓬下面，哭著哭著睡著了。

就這樣子，兩人在船上渡過了好幾天。宮崎在越中、能登、越前、若狹諸國[15]的津渡或浦口，巡迴兜售他的人貨。

然而由於兩人的年齡還小，身體又顯得虛弱，一直沒遇到買主；偶而有買主出現，價錢卻總是談不攏，以致浪費時日。宮崎的心情漸漸惡化，有時甚至會動手打罵姊弟二人。

宮崎的小船繞了許多地方之後，終於來到丹後國的由良港[16]。這裡在叫石浦[17]的地方，有一個大財主叫山椒大夫，住在大宅院裡，使用種種不同的勞工匠人，經營下田種米種麥、上山砍柴打獵、入海捕魚、植桑養蠶、抽絲織布、製造金屬與木材器具、等等事業。所以只要有送來人貨，就一定會加以收購。以前宮崎如果找不到好的買主，最後總會把貨帶到這裡來。

大夫派在港口等候的奴僕頭頭，立刻用七貫錢買下了安壽和廚子王。

「哎呀呀，處理掉那兩個小餓鬼，身子也輕鬆了。」宮崎說著，把錢放入懷裡，走進了一家碼頭上的酒屋。

＊

在大宅院深處，有用一摟粗大小的圓柱子排列蓋成的大廳，裡面有一個設有方形地爐的房間，正燒著炭火。正面鋪著三層褥墊子，山椒大夫靠著扶肘坐在其上。左右有兒子二郎、三郎，像石雕獅子狗一般呆呆地並排坐著。本來大夫有三個男孩，太郎在十六歲時，看到他父親親自在逃亡未遂的奴僕

15 越中、能登、越前、若狹：古北陸道沿日本海諸國，即今富山、石川、福井三縣地域。

16 丹後由良港：今京都府宮津市字由良。有汐汲之濱，傳為安壽挑海水之處。

17 石浦：今宮津市字石浦，傳有山椒大夫宅邸遺跡。

臉上烙印後，一言不發，偷偷離開了家，從此下落不明。那是十九年前的事。

奴頭把安壽、廚子王帶到前面來。而且叫兩人鞠躬。

兩個孩子好像沒聽到奴頭的話，只管睜大眼睛看著大夫的臉。今年六十歲的大夫，臉色紅如塗朱，上額寬廣、下頷緊繃，頭髮鬍鬚閃著銀色。孩子們似乎並不覺得害怕，只是感到好奇，一直凝視著他的臉龐。

大夫說話了。「是這次買來的孩子吧？跟平時買來的不一樣，該叫他們做甚麼呢。聽說是稀有的孩子，才特別要你們帶來看看。誰知竟是臉色蒼白、身體纖細的童奴，我也不知道可以叫他們做甚麼工作。」

坐在旁邊的三郎雖是么弟，也有三十歲了，開口說道：「不，爸爸。我一直看著，叫他們鞠躬也不鞠躬。也不像其他奴才那樣乖乖地說出姓名來。樣子雖然虛弱，卻頑固得不得了。還是按照過去新奴的慣例就好：男的上山砍柴，女的下海挑鹽水。」

「正如所說，叫甚麼名字也不告叫訴我。」奴頭說。

大夫冷冷一笑。「看起來，真是兩個笨蛋，我就來給他們起名字吧。姊姊要受苦了，可以叫垣衣，弟弟取名叫萱草[18]。垣衣去海濱，每天得汲海水三擔；萱草到山上，每天得砍柴火三擔。身體虛弱嘛，就讓他們的擔子減輕些吧。」

三郎說：「真是過分的關注。算啦。奴頭，快快帶下去，發工具給他們。」

奴頭帶兩個孩子進了新人小屋。給安壽發了桶子和杓子；給廚子王發了籠子和鐮刀。而且都附有午飯的盒子。新人的小屋和其他奴婢的居處並不在一起。

奴頭出去的時候，天都暗下來了。這間小屋沒有燈火。

18　垣衣：原指牆上、老樹或屋頂之青苔，在此則訓讀為「忍草」（しのぶぐさ）。萱草訓讀「忘草」（わすれぐさ），或謂忘草即忘憂草。

一夜。

＊

翌日早晨非常寒冷。昨晚放在小屋裡的被子實在太髒了，廚子王找出了一張蓆子，像在船上蓋著船蓬一樣，兩人縮成一塊，把草蓆蓋在身上睡了一夜。

聽從昨天奴頭的吩咐，拿著飯盒去廚房領取食物。屋頂上或散在地上的稻草上都凝著霜露。廚房是一間很大的土間，早有許多奴婢來等著了。取餐處男女有別，廚子王除了自己之外，卻還要替姊姊領取一份，因而受到斥責。只得道歉求饒，保證明天起一定各自來取，才終於領到兩人份的午餐乾飯，以及盒裝稠粥早餐，加木椀菜湯。稠粥是加鹽煮出來的。

姊姊和弟弟一邊吃早餐，一邊故做鎮靜地商量說，反正到此地步，不得不低頭屈服在命運之下了。然後姊姊下海濱，弟弟上山中。兩人一起走出了大夫宅院的第三道柵門、第二道柵門、第一道柵門；腳下踩著霜，不斷回頭相望，左右分開而去。

廚子王所登的山在由良岳[19]的山麓，由石浦稍微向南而上。砍柴的地方離山麓不遠。走過處處露出紫色岩石的小徑，到了一片較廣的平地。那裡叢生著雜木。

廚子王站在雜木林中，環視一下周圍。然而砍柴要怎麼砍呢？暫時不知如何動手，只得在朝陽下，坐在霜露逐漸蒸散的如茵的落葉上，呆頭呆腦地讓時光飛逝。終於從迷糊中甦醒過來，勉強砍了一枝兩枝，卻傷到了手指。於是又坐在落葉上，一想山上如此寒冷，在海濱的姊姊，潮風一定更冷。想著想著，不由得獨自淚下如雨。

太陽升高了。已有其他樵夫揹著柴枝走下山腳。「你也是大夫家的奴僕吧？要砍多少擔柴火？」有一人問廚子王。

「每天規定得砍三擔，可是甚麼也還沒砍。」廚子王老實回答。

19 由良岳：位於由良川下游西岸，海拔約六四〇米。

「要是一天三擔，中午以前要砍好兩擔才好。柴是這樣砍的。」樵夫放下自己的擔子，不旋踵間，替廚子王砍滿了一擔柴。

廚子王重振精神，到了午時好容易砍了一擔，午後又砍了一擔。

往海濱的姊姊安壽，到了河流北岸打潮水的地方。然而也不懂打海水的方法。在心裡勉勵自己，終於拿出了杓子，卻在不覺間被波浪捲走了。

就在旁邊汲取海水的女僕，非常敏捷地撿回了杓子。然後說：「潮水不能那樣打法。我來教你怎樣打海水。用右手的杓子掐起海水，這樣倒入左手的木桶裡。」結果替安壽汲滿了一擔海水。

安壽終於學會了汲水的方法。「真是感激不盡。托你的福，我好像知道怎麼汲起海水了。讓我自己來試試看。」

在旁邊汲海水的女僕，喜歡上了天真清純的安壽。兩人一起吃著午飯，一邊互訴身世，至於發誓結為姊妹。這個女僕說自己是伊勢人[20]，名叫小萩，是從二見浦被買來的。

最初這一天，就這樣子，由於有好心的人幫助了各一擔，在日暮前，姊姊海水三擔、弟弟柴火三擔，都能按照吩咐順利完成了。

＊

姊姊汲海水，弟弟砍柴火。日子就這樣一天天消逝而去。姊姊在海濱關心弟弟，弟弟在山上關心姊姊。等到日暮，兩人回到了小屋，就手拉著手，想念在筑紫的父親，想念在佐渡的母親。邊說邊哭，邊哭邊說。

不知不覺間，十天過去了。而且到了該搬出新人小屋的時候了。搬出了小屋，就會被編入奴是奴、婢是婢的分組。

兩人說，死也不願分開。奴頭向大夫訴說。

大夫說：「傻話。反正男的押去奴組，女的押去婢組。」

奴頭聽了指示，正要站起身來時，二郎從旁叫住了他。然後對父親說：

20 伊勢：古伊勢國，今三重縣。

「父親說得沒錯，童僕們最好分成男女兩組。不過聽說這對姊弟死也不肯分開，說不定會鬧自殺甚麼的。雖然所砍的柴火不多，所汲的海水有限，但人手的減少總是損失。這件事就讓我來想想辦法吧。」

「說得也對。我絕對不做損人又害己的事。好好，就隨你的便去做吧。」大夫說罷，把眼光轉向他方。

二郎在第三道柵門邊搭了間小屋，讓姊弟兩人合住。

有一日黃昏，兩個孩子如常談起父母來。二郎經過那裡聽到了。二郎是為了巡迴取締有沒有強奴欺凌弱奴、吵架或盜竊的情形。

二郎進入小屋，對兩人說：「父母親當然值得懷念，可是佐渡已夠遠，筑紫更遠，根本不是小孩能去的地方。想見父母的話，只好等長大以後再說了。」說完就出去了。

過不多久，又有一天，兩個孩子照常談起了父母。這次是三郎經過小屋聽到了。三郎喜歡巡視宅院裡的處處樹叢，手拿弓箭，射獵睡在窩裡的鳥。

兩人每次談到父母的時候，恨不能早日團圓之餘，老是談著這麼辦或那麼辦的，如夢似幻般，討論著種種可能的辦法。今天姊姊說：「不等到長大，就不能遠行，那是理所當然的。我倆就是想做不能做的事。可是仔細想了一想，我總覺得要兩人同時逃出這裡是不行的。不必管我，還是你一個人逃走吧。然後先往筑紫找父親，問他到底怎麼辦。然後到佐渡去迎接母親就好了。」

三郎所聽到的湊巧就是安壽的話。

三郎手拿弓箭走進屋裡來。「喂，你們在討論逃走的計畫啊。計畫逃亡的人是要在臉上烙印的。這是本家的規定。燒紅的鐵好熱好熱喔。」

兩個孩子嚇得蒼白變色。安壽走到三郎面前說：「那是說假的。即使弟弟真的單獨逃走了，唉，能逃到甚麼地方呢。實在是太想念父母親了，才會說了那樣的話。不久前，我還跟弟弟說，也許可以變成飛鳥飛去呢。只不過信口開河、胡說八道罷了。」

廚子王接著說：「就像姊姊剛說的，我們倆在一起，常常會談些根本做不到的事，無非設法排遣對父母的懷念。」

三郎看了兩人的臉，沈默良久。「哼，假話是假話也好。總之，我的的確確聽到了你們一起在談著逃走的計畫。」三郎撂下這話，就出去了。

那晚兩人在驚心吊膽中迷迷糊糊睡著了。不知睡了多久，兩人忽然被甚麼聲音驚醒了。自從搬進這間小屋後，就可以晚上點燈了。在那微弱的燈光下，看到三郎站在枕邊。三郎突然靠近過來，用兩手抓住兩人的手，強行帶出了門口。仰望蒼白的月亮，被拉著走在首次晉謁時走過的寬廣的木板路。上了三個台階。通過了走廊。繞來繞去，進入了日前來過的大廳。那裡有許多人默默地排排坐著。三郎把兩人押向燒得通紅的炭火前。姊弟倆自從被拉出小屋後，就一直叫著「對不起對不起」，但三郎都不加理會，兩人終於也不再叫喊了。對面爐前三層褥墊上坐著山椒大夫。大夫泛紅的臉上，映著座位左右兩邊的火炬，好像也在燃燒。三郎從炭火裡抽出烙鐵。拿在手裡，暫時看著。起初燒得紅通通的鐵鉗子，慢慢變黑了。三郎把安壽拉到身邊，就要用鉗子烙她的臉。廚子王絆住三郎的手臂。三郎把他踢倒，壓在右膝下。終於在安壽的額頭烙上了十字。安壽的悲鳴響穿了一座的沈默。三郎推開了安壽，拉起了膝下的廚子王，也在他的額頭烙上了十字火印。大廳裡另外響起了廚子王的哀嚎，與稍微減弱的姊姊的哭聲融合交響。三郎放下鐵鉗子，如同剛才帶兩人來到這裡時一樣，抓起了兩人的手；環視了一座人之後，繞了寬廣的大廳，把兩人拉到三個台階的地方，推倒在冷凍的地上。姊弟倆由於創痛和恐懼，幾乎昏迷過去；然而終於忍住痛苦，不知如何或經過何處，總算回到了三柵門的小屋。躺下來的兩人活像僵屍似的動也不動一下。不久，廚子王忽然叫說：「姊姊，趕快拿出地藏菩薩來。」安壽應聲而起，從貼身懷裡拿出護身袋，雙手發抖，解開了繩子，把佛像擺在枕邊。兩人一左一右，叩頭膜拜起來。那時，原來咬著牙也難忍的額痛，居然消失得無影無蹤。用手摸了額頭，也沒甚麼傷痕。兩人忽然從惡夢中醒了過來。

姊弟兩人坐直身子，談起了夢中的遭遇。他們居然同時夢到了同樣的夢。安壽把守本尊拿出來，像在夢中一樣，擺在枕頭旁邊。兩人膜拜之後，透過微弱的燈光，細看地藏菩薩的額頭。在額頭白毫上，有一處好像用鑽刀雕出來的十字傷痕，清清楚楚地看得出來。

＊

兩個孩子從這次聽了三郎的話，當晚做了噩夢以後，安壽的樣子開始起了明顯的變化。臉上表情緊繃，眉頭緊鎖，眼睛望著遙遠的地方。而且不說話。黃昏從海濱回來後，過去總是等著弟弟從山上回來，然後不停地說東道西，而現在連這種時候話也變少了。廚子王不免擔心，問道：「到底怎麼了？」安壽就回：「沒甚麼。放心吧。」

安壽跟以前不同的僅此而已。說話並沒甚麼異常，做事也跟平常一樣。只不過對廚子王而言，一個相互安慰、彼此鼓勵過來的姊姊，忽然變了樣子；而自己一顆苦不堪言的心，卻不能向任何人訴說。兩個孩子的處境比以前更加悽切。

雪下了，雪又停了。年暮近了。男奴女婢都不必出門，留在宅院裡工作。安壽紡絲線。廚子王擣稻草。擣稻草不用甚麼技巧，紡絲線卻講究經驗。所以一到晚上，伊勢的小萩就會來示範幫忙。安壽不但對弟弟變了態度，而且對小萩也不大說話，動輒板起面孔來。但小萩不以為意，繼續交往，關懷備至。

山椒大夫在柵門也豎了松枝。然而這裡的過年其實並不盛大。族裡的女眷都住在後院，難得拋頭露面，談不上有甚麼熱鬧。不過上上下下都會喝酒慶祝。奴僕小屋總會發生醉漢吵架。平時若有吵架情形，都會受到嚴厲的處罰，但在過年時節，奴頭往往不加追究。有時有人流血，也裝著沒看見。甚至發生殺人事件，也睜一隻眼閉一隻眼，不了了之。

第三柵門的小屋，小萩偶而會來看望。她把婢組小屋的熱鬧帶來似的，高高興興地玩笑作樂。這時候，陰鬱的小屋彷彿也浮蕩著春天的氣息。連近日來變得鬱鬱寡歡的安壽，臉上都露出了一抹微笑。

三日後，宅院中的工作又開始了。安壽紡絲，廚子王擣草。到了晚上，小萩偶而還會來，只是現在安壽操作紡錘的技巧，已經相當熟練，幾乎到了無須小萩幫忙的地步。表情雖然變了，但並沒影響到單純而重複的紡絲工作；反而好像可以渙散鬱結的心情，而獲得一種沈著與安詳。對於不能再和姊姊促膝談心的廚子王而言，只有在小萩來跟紡絲中的姊姊聊天時，心裡才會感到些許踏實。

*

到了水暖草萌的季節了。在開始要到外頭工作的前一天，二郎在巡視宅院的時候，順便來到了三柵門的小屋。「怎麼樣？明天可以出去工作嗎？聽說有不少人生病了。光聽奴頭的報告，不一定可靠，所以自己到每間小屋來看看。」

正在擣著稻草的廚子王想回話，但還沒來得及開口，不意近日來鬱鬱寡言的安壽，停下了紡絲的手，倏地走到二郎面前。「關於這事，我有一個請求。我希望跟弟弟同在一個地方工作。懇請把我改派到山上。千萬拜託、拜託。」她那蒼白的臉上閃過一絲紅暈，眼光發亮。

廚子王看到姊姊的樣子好像有新的變化，大吃一驚；又對她從未跟自己商量過，就突然要求改派到山上砍柴，更覺訝異，只管睜大眼睛直瞪著姊姊。

二郎一時無言，仔細看著安壽的臉。安壽一再重複說：「沒有別的，只有這一個請求。請派我到山上吧。」

不久，二郎開口了。「在這家宅院裡，奴婢工作的分配屬於重大事項，都由家父親自指派。不過，垣衣，妳的願望好像是一想再想才決定的。好吧，我會記住這件事，替妳說情，設法把妳改派到山上。放心好了。啊，兩個年紀輕輕的，居然平平安安渡過了冬天。很好。」說罷，走出了小屋。

廚子王放下了木槌，走到姊姊身邊。「姊姊，這是為了甚麼呢？能夠跟姊姊一起上山工作，我當然高興，可是為甚麼突然提出這種要求呢？為甚麼不跟我先商量一下呢？」

姊姊喜出望外，露在臉上。「難怪你會覺得奇怪，連我自己在見到他以前，也沒想到要提出甚麼請求。那是臨時想出來的。」

臉。

「是那樣嗎？好奇怪喔。」廚子王好像看到珍異物事一般凝視著姊姊的

奴頭拿著籠子和鐮刀進來。「垣衣姑娘，上面有交代說，要妳馬上停止下海挑海水，改到山上砍柴。我把工具拿來了。還得向妳要回木桶和杓子哩。」

「這真的太麻煩您了。」安壽輕快地站起來，取出木桶和杓子還給了奴頭。

奴頭收下了，可是好像沒有要離開的意思。臉上顯出一種苦笑的表情。這個男人對山椒大夫一家的命令，總是像聽從神諭一般聽從遵行。因此，有時也會毫不猶豫地做出十分無情殘酷的事。只是天生並不喜歡看到人間的痛苦或哀號。凡是問題的處理，能不管就不管，只要安穩方便、敷衍了事，就會無往而不順。剛才那種苦笑似的表情，是在不得不給人添加麻煩，或不得不做解釋或行動時，總會浮現在這個男人的臉上。

奴頭對安壽說：「那麼，現在還有一件事。說實話吧，改派妳去砍柴的

事，是由於二少爺的提議而定的。那時三少爺也在座，就說：『既然如此，就把垣衣打扮成男童，讓她上山好了。』大老爺以為是好主意，笑著同意了。因此我得把妳的頭髮剪下來帶回去。」

廚子王在旁聽了這些話，心如刀刺，含淚看了姊姊，卻意外地發現安壽臉上的喜悅之色仍未消失。「的確應該如此。既然要上山，我也就是男孩了。請用這把鐮刀斷了我的頭髮吧。」安壽把脖子伸到奴頭面前。

安壽長長的光潤的頭髮，被銳利的鐮刀一刀割斷了。

＊

翌日早晨，兩個孩子背負籠子，腰插鐮刀，手牽手，走出了柵門。來到山椒大夫這宅院之後，這是兩人第一次有機會走在一起。

廚子王無法揣測姊姊的心曲，任由像孤寂又像悲哀的情緒，在胸中翻騰來滾過去。昨天奴頭離去後，曾經想方設法詢問了理由，但姊姊總是獨自在沈思著甚麼似的，不肯直截了當地說出心裡的話。

來到山麓時，廚子王忍不住說：「姊姊，好久沒跟姊姊這樣走在一起了，我應該高興才對；可是我卻覺得很悲哀。我這樣拉著手，可是不敢看妳，不敢看妳那斷髮的腦袋。姊姊，妳跟我還有甚麼要隱瞞的呢？一定在想著甚麼問題。為甚麼不告訴我，讓我知道呢？」

今天早上，安壽臉上依然泛著喜悅之色，一雙大眼睛閃著銳利的光輝。然而對弟弟的話不理不睬，只緊緊地握了一下拉著的手而已。

在開始登山的地方有一片沼澤地。如同去年所見，水邊枯葦東倒西歪、縱橫枕藉；但在路邊枯黃的葉子間，卻已冒出了新芽。由澤畔右轉登山處，有湧泉自岩石間隙汩汩而出。通過那裡，右倚岩壁，沿著蜿蜒小路，登上山去。

朝陽正照在一面岩壁上。安壽在重疊的岩壁風化石頭間隙，發現了一朵小小的紫堇花。於是指著那朵花告訴廚子王說：「看，已經是春天了。」

廚子王默默地點了點頭。姊姊心裡藏著秘密，弟弟胸中擔著陰憂；兩人各有所思，懶於交談。話說出口，就像把水潑在沙上，沒有迴響。

走到去年砍柴的樹叢邊，廚子王停下了腳步。「姊姊，就在這兒砍柴。」

「不過，再上更高的地方去看看。」安壽走在前頭，不停地快步向上登去。廚子王儘管訝異，卻也緊跟在姊姊後面。不久，爬到了比雜木林高出不少，可以眺望村鎮的山頂。

安壽站著，凝望著南方。她的視線掃過了石浦，沿著注入由良港的大雲川[21]上游，停留在離此大約一里遠近的河川對岸，在茂林中看得見塔尖的中山里[22]。於是叫弟弟「廚子王呀」一聲。「有好久一段日子，我一直在考慮著些惱人的問題，所以不像以前那樣跟你聊天解悶，你一定覺得很奇怪吧。今天你就不用砍柴了甚麼的，可是要好好聽我的話。小萩是在伊勢被賣

21 大雲川：由良川古名。
22 中山里：今京都府舞鶴市字中山，在由良川東岸。

到這兒來的，她把從故鄉到這兒的路程告訴了我。她說越過中山走去，京城就不遠了。要往筑紫本來就難，回頭要渡海到佐渡[23]，更不容易；不過要到京城，一定沒甚麼問題。我倆跟著母親離開岩代以來，碰到的都是可怕的壞人，但是只要運氣一轉，也不一定不會碰到善心人士。你現在就得下定決心，逃出這個地方，設法上京城去。如果得到神佛的引導，有緣遇到善人的話，說不定就能打聽到父親在筑紫的境遇。說不定也能到佐渡去迎接母親回來。把籠子和鐮刀丟掉吧，飯盒可要帶著。」

廚子王默默地聽著，眼淚沿著雙頰落了下來。「那麼，姊姊，你自己呢？到底打算怎麼辦？」

「別管我的事。這是你要自己一個人單獨去做的。不過可以當作我也跟你在一起就好了。等見到了父親，找回了母親以後，可以來救救我。」

「可是我逃走的話，他們絕對不會輕易放過你的。」廚子王心裡浮現了夢中被烙印的可怖情景。

「那，那他們也許會虐待我，可是我會忍受到底。用錢買來的婢女，他們是不會輕易殺掉的。你逃走之後，他們也許會罰我作兩人份的工作。我會在你說的雜木林那邊，砍很多很多柴火。也許砍不滿六擔，砍四擔五擔應該沒問題。好了，這就下去，把籠子和鐮刀留在雜木林，送你到山下。」這樣說著，安壽就走在前面，下山去了。

廚子王甚麼也不想，反正想也想不通，只好呆呆地跟著下山。姊姊今年十五歲，弟弟十三。女孩成熟較早，已經像個大人；而且彷彿靈物附體般變得玲瓏剔透，廚子王再也不敢違背姊姊的話了。

來到雜木林，兩人把籠子和鐮刀放在落葉上。姊姊取出了護身佛交到弟弟手上。「這是非常重要的護身物，現在交給你保管，直到重逢。你把這尊地藏菩薩當我看待，和護身刀一起小心保管好。」

「可是，姊姊你就沒有護身的東西了。」

「不，沒關係。你就要碰到比我更危險的日子，所以才把護身佛交給

23 佐渡：古佐渡國，在佐渡島，今為新潟縣佐渡郡。古代盛產黃金，又為朝廷重犯遠流之地。

你。你到晚上還不回來，他們一定會派人出去追捕。不管你跑得多快，如果只是一般的逃法，一定會被追上的。你最好順著剛才看見的河流，走向上游，直到叫和江的地方，別讓人看到，設法偷偷渡到對岸，中山就不遠了。到了中山，可以跑進那家看得見塔尖的寺廟，請求讓你躲藏起來。躲在那裡，等追捕手歸去後，才可以離開寺廟，知道了嗎？」

「可是，寺廟裡的和尚師父會讓我躲藏嗎？」

「那就得碰碰運氣囉。運氣來了，和尚師父大概就會掩護你吧。」

「是啊，今天姊姊所說的話，就像神明或佛祖的開示。我下定決心了。姊姊要我做甚麼，我就做甚麼。」

「噢，聽進了我的說法，太好了。和尚師父是一位好人，一定會掩護你的。」

「是的。我也越來越覺得應該是那樣。我逃出後，可以到京城。可以見到父親和母親，也可以來迎接姊姊。」廚子王的眼睛跟姊姊一樣閃著光輝。

「好啦，我要跟你一起走到山腳。快，快走。」

兩人急急忙忙下了山。弟弟的步法，彷彿受到姊姊熱誠的啟示似的，走起路來也跟以前不一樣了。

來到湧泉的地方。姊姊拿出木椀，舀了一椀清水。「這是歡送你出門的酒。」說罷喝了一口。

弟弟喝乾了水。「那麼，姊姊你多保重。一定會到達中山，不讓人看見。」

廚子王一口氣跑下了所剩約十步的坂道，沿著沼澤，走上了道路。然後沿著大雲川岸邊，朝上游方向邁開了急促的腳步。

安壽站在湧泉旁邊，目送著在松樹間或隱或現的背影，直至小小的影子消失而後已。而且到了日近午時，也沒再登山去砍柴。好在今天好像沒有樵夫經過這個角落，所以也就沒有過來盤問安壽的人。

後來有山椒大夫家派出去追人的家僕，在坂道下的沼澤邊撿到了一雙草鞋。那是安壽所穿的草鞋。

*

在中山國分寺[24]的山門內外，火把的光燄繚亂，擠滿了人群。佩帶著長刀，站在前頭的是山椒大夫的兒子三郎。

三郎站在本堂前面，大聲喊道：「跑到這裡來的是石浦山椒大夫家的家族。有人確實看到大夫所用的一個僕人，逃到這個山寺裡來。躲藏的地方就在寺內，別無去處。請把人送出來吧。」隨從的人眾也跟著叫道：「好啊，把人送出來，送出來吧。」

從本堂前到山門是一條寬廣的石板路。現在在石板路上，三郎的手下手持火把，推來推去。又有住在寺院裡的僧侶俗眾，一個也不少，都簇擁在石板路的兩側。這些人是當追捕手在門外叫囂時，想知道發生了甚麼事，從正殿或僧坊跑出來一探究竟的。

起初，當追捕隊在門外大叫開門時，多數僧侶怕他們進來會胡作非為，都表示反對。但住持曇猛律師[25]卻排除眾議，終於打開了山門。然而現在，儘管三郎大聲要求交出逃奴來，本堂卻門戶緊閉，好久沒有一點聲息。

三郎踏步來回，同樣的話喊了三次。手下有人大聲叫道：「禿和尚，到底怎麼啦？」還夾著短短的笑聲。

本堂的門終於慢慢打開了。是曇猛律師親自打開的。律師身纏袈裟，一無威儀繕飾；背著朦朧的常明燈，站在本堂的台街上。高大結實的身體，濃眉嚴肅的臉龐，照在搖晃的火光裡。律師剛剛過了半百之年。

律師徐徐開了口。那些吵吵嚷嚷的追捕手，看到了律師的風采，早已沈默下來了，所以律師的聲音響徹寺院的每一角落。「聽說你們來此是為了搜查逃走的下人。本寺的規矩，如果不先向我這個住持請示，絕對是不許留人

24 國分寺：聖武天皇於天平十三年（七四一）敕令諸國建寺廟以祈國泰民安，謂之國分寺。僧寺稱金光明四天王護國之寺，尼寺稱法華滅罪之寺，而以奈良東大寺為總國分寺，並在諸國分寺設置僧官以統轄之。

25 律師：在僧官制下是第三高位，在僧正、僧都之下。或泛稱嚴守戒律之有德高僧。

的。我既然一無所知，那個人當然不會躲在本寺中。不過先不談甚麼規矩。三更半夜裡，這麼多人拿著劍戟湧來，氣勢洶洶，要求打開正門。原以為國中有大亂，官方在搜捕逆臣叛賊，所以打開了山門。可是結果呢？竟然只是貴府要搜查下人。本寺是敕建的寺院，山門上懸著敕賜匾額，七重塔藏有宸翰金字經文[26]。如果在寺裡胡亂鬧事，國守會向寺社檢校[27]追究責任。又如果向總本山東大寺投訴，京都方面會做甚麼樣的判決，就不得而知了。請好好想一想，快快退出回家去吧。這件惡事就到此為止，為貴府著想，不會傳開出去。」律師說完話，徐徐關上了門。

三郎瞪著本堂的門，氣得咬牙切齒。然而也缺乏破門而入的勇氣。手下人人互相竊竊私語，彷彿樹葉沙沙作響。

這時候，有人大聲喊：「那個逃走的是不是十二、三歲的小童？那我看到過。」

三郎一驚，看了那個說話的人。一個面貌長得很像父親的老頭，是本寺的鐘樓看守。老頭接著說：「那個小鬼啊，中午我在鐘樓上，看他經過泥牆外面，朝南方匆匆走去。身體好像虛弱，卻很輕鬆的樣子。大概已經走得很遠了。」

「那麼，童僕半天前走過的路知道了。繼續追下去。」於是三郎撤出去了。火把的行列出了山門，在泥牆外向南移動。鐘樓的看守從鐘樓上看下去，不禁大聲大笑起來。附近樹林裡的烏鴉，好不容易等到安靜而正要入睡時，有兩三隻又被嚇得飛了起來。

＊

翌日，國分寺派人出去四處打聽。到石浦的聽到安壽投水的消息；往南方的聽到三郎所率追捕手追到田邊[28]，無功而還。

26 宸翰金字經文：傳各地國分寺皆有七重塔，皆藏有聖武天皇親筆之金字〈金光明最勝經〉。
27 寺社檢校：監督寺廟神社之職，東大寺、高野山等重點寺社皆設之。
28 田邊：舞鶴市舊名。

中間隔了兩天，曇猛律師離開了寺院，帶著臉盆大小的鐵鉢，拄著手腕粗的錫杖，朝田邊方向走去。後面跟著剃光了頭、穿著法衣的廚子王。

兩人白天走在路上，黑夜在處處寺廟掛單。來到山城朱雀野[29]，律師在權現堂稍事休息後，就向廚子王告別。「要把護身佛保管好。早晚一定會打聽到父母的消息的。」律師說，回頭就走了。廚子王想，律師的話怎會跟死去的姊姊說的一模一樣。

上了京都的廚子王因為形同僧人，就在東山清水寺[30]掛單。

在僧齋過夜，翌日早晨醒來時，卻見一個身穿直衣寬絝、頭戴烏帽子的老人站在枕邊。開口說：「你是誰家的兒子？如果有重要的東西帶在身上，請給我看看。我為了祈願女兒病體早日康復，昨晚在這裡閉關齋戒。夢中有神諭說，睡在格子門左側的童子持有貴重的護身佛，可以向他借來供奉祈禱。早上拉開了格子門，看到的就是你。請你表明身份，把護身佛借給我。我是關白師實[31]。」

廚子王說：「我是陸奧國椽[32]平正氏的兒子。家父在十二年前被貶到筑紫安樂寺後，一直沒有回來。家母抱著當年生下的我，還帶著三歲的姊姊，搬到岩代國信夫郡居住。這期間我長大了不少，家母就帶著姊姊和我出來找尋父親。到了越後，被可怕的惡棍詐騙出賣。母親賣到佐渡，姊姊跟我賣到丹後由良。姊姊在由良死了。我所帶的護身佛就是這尊地藏菩薩。」說著取出了護身佛。

師實把佛像捧在手裡，舉到額上，叩拜了一下。然後，前後上下仔細地看了之後說：「這是尊貴的放光王地藏菩薩[33]金像，耳聞已久了。最初從百濟國[34]渡海而來，一度曾由高見王[35]持有供奉。既然這是家傳之物，你的家世就無可置疑。太上皇還在皇位時，永保初年[36]，因為陸奧國守違反律令而

29 朱雀野：今京都市下京區朱雀，在古丹波街道上。有權現寺，傳廚王之護身佛今存於此。
30 清水寺：在今京都市東山區，始建於八、九世紀之交，原真言宗，後改屬北法相宗。
31 關白師實：關白藤原師實（一〇四二－一一〇一）確有其人，但以故事中之「老人」為師實，蓋作者鷗外想當然爾之作。
32 陸奧國：相當於今之東北地區。椽為國司四等官之第三等。
33 放光王地藏菩薩：六地藏之一，左手錫杖，右手與願手印。六道之中教化人間道之菩薩。

受到連坐，而被左遷到筑紫的，有一個叫平正氏。你一定是他的嫡子吧。如有還俗的意願，或許還有敕封受領的機緣。目前反正先到我家作客。好吧，跟我一起到館邸去。」

＊

關白師實的女兒，其實是妻子的姪女，以自己的養女身份，被選入宮中侍候太上皇。這個妃子久病纏身，但借了廚子王的護身佛來禮拜之後，竟然好像抹掉了一般，不藥而癒，恢復了健康。

師實讓廚子王還俗，親自給他行加冠之禮。同時派遣使者攜帶赦免令，趕到平正氏謫地探問平安與否。然而這個使者抵達時，平正氏早已身亡了。加冠後改名正道的廚子王，歎惋悲悼，以致憔悴不堪。

那年秋季的拜官之禮，正道受封丹後國守。這是遙任之職，國守不必親自駐在領國，而由名叫椽的三等官代理國務。不過，身為國守的正道，新官上任三把火，下令禁止丹後一國的人口買賣。於是山椒大夫不得不解放所有的奴婢，用人必須支付工資。大夫家一時以為是莫大的損失，但從此以後，農耕業和工匠業反而更加發達，大夫一族也愈益富裕起來。國守的大恩人曇猛律師升為僧都；照顧過國守姊姊的小萩，以自由之身返回故鄉。安壽受到隆重虔誠的追悼，且在她投水的沼澤畔，立了一座尼庵。

正道為自己的領國先做了這些事後，就請假獲准，微行渡海到了佐渡。佐渡的國府在叫做雜太[37]的地方。正道立即往訪國府，商請官員幫忙探查國內各地，但母親的行蹤卻撲朔迷離，下落難明。

34 百濟國：四世紀初建立於朝鮮半島西南部之國，與高句麗對立，後為新羅所滅（六六〇）。對日本古代文化之發展影響甚深。

35 高見王（八二四－八四八）：桓武天皇之孫，其子高望王，賜姓平氏，改入臣籍。成為桓武平氏武家之祖。其後至平安末期，平清盛為源氏與平家逐鹿天下之主角。事見《平家物語》、《源平盛衰記》等書。

36 永保：七十二代白河天皇年號之一，當西曆一〇八一－八四年。

37 雜太：佐渡國之郡名，或以為佐渡之國府所在地。

有一天，正道又陷入沈思，一人走出了旅館到街上散步。不知不覺間走出了人家櫛比的街上，走到了田中小路。晴朗的天空上掛著明亮的太陽。正道邊走邊在心裡想。「為甚麼找不到母親的下落呢？是不是因為只管委託官員去探查，而自己卻袖手旁觀，以致招來神佛的不悅，才不讓我和母親相見？」想著想著，忽然看到一棟農家大宅。家屋南側，透過稀疏的矮樹籬笆，可見一片夯實的曬場；上面鋪滿了草席。蓆上曬著收割的小米穗子。就在那中央坐著一個衣服襤褸的婦人，手揮長竿，驅逐飛來偷食的麻雀。她的口裡嘟嘟噥噥，好像在唱歌似的。

不知道為甚麼，正道卻被這女人吸引住，停了腳步，仔細看了一會。她的一頭亂髮沾滿灰塵。看她的臉是個目盲。正道覺得非常可憐之際，聽那女人嘟噥的口音，越聽越熟悉越辨得出來。就在這時，正道就像瘧疾發作了一般，全身發起抖來，眼裡湧出了淚水。因為那女人一直嘟噥著同樣的話語。

想念安壽呀，真想念喔。

想念廚子王呀，真想念喔。
鳥也是有性命的眾生，
快快逃走吧，不會趕你。

正道聽得出了神。忽然覺得五臟六腑熱得快要翻騰似的，恨不得像猛獸一般吼叫出來。但咬著牙忍住了。突然間正道像脫韁的野馬，衝進了樹牆裡面。腳步踢亂了小米穗子，俯伏在女人的面前。右手舉起護身佛，俯伏時緊貼在額頭。

女人察覺到這不是痲雀，是個好大好大的怪物要來偷食小米。於是停止了唱慣的唱詞，用看不見的眼睛直看著前面。她那乾涸的雙眼彷彿缺水的貝殼遇到了水，開始濕潤起來。眼睛開了。喊「廚子王」的聲音從女人口中迸了出來。兩人緊緊地擁抱在一起。

＊本篇寫於大正四年一月，所依據之主要文獻如下：

〈さんせう大夫〉（山椒大夫），收於《德川文藝類聚》卷第八《淨瑠璃》

安井夫人

やすいふじん

清武[1]鄉間，流傳著「仲平這孩子了不起」的傳聞；同時也有人散布著「仲平是個醜八怪」的流言。

仲平的父親[2]在日向國宮崎郡清武村二段，有一塊八畝大小的建地，蓋了三棟房子，全家住在那裏。至於財產，在離住宅不遠的地方，擁有幾處田地；多年來一邊為人家子弟講授漢學，一邊親自下田，耕讀不輟。然而，仲平的父親三十八歲時，負笈江戶進修。隔了一年，四十歲歸國後，漸漸常被飫肥藩[3]徵召出仕，農田的耕作現在大都交給佃農去代勞了。

仲平是次子。哥哥文治九歲，自己六歲時，父親把兄弟倆留在家鄉，單獨遠赴江戶。父親自江戶回來後，兄弟的身子長得更高了，每天早上兩人總是帶著書下田幫忙。而當別人休息抽菸的時候，兩人就埋頭讀起書來。

那是父親應聘為藩校[4]教授前後的事。十七八歲的文治和十四五歲的仲平，照常要下田時，凡是在路上碰到的人，都會不約而同地比較這兩個兄弟，只要有同伴同行，就會交頭接耳，說長論短。的確，個子高、膚色白、眉目清秀的哥哥文治，對照起個子矮、膚色黑、獨眼龍的弟弟仲平來，實在太不相配了。兄弟同時得了疱瘡，哥哥輕微，弟弟卻變成了大麻子，臉上坑坑洞洞，甚至瞎了右眼。想想父親小時也染過疱瘡，也變成了單眼人，或許是「偶然」，但只能說未免太殘酷了。

仲平與哥哥走在一起覺得很難堪。於是，嘗試早上早一點吃完早餐，早一步出門；黃昏晚一點離開，留下多做些事，晚一步回家。然而，路上碰到的人看到自己，還是一樣會跟同伴交頭接耳。不止如此。比較和哥哥走在一起時，那些路人的態度更加肆無忌憚，細聲細語變大了；甚至有人互相打起招呼來。

1　清武：今九州宮崎縣宮崎郡清武町。位於宮崎縣中部，東接宮崎市。

2　仲平：安井衡，通稱仲平，號息軒（一七九九—一八七六），日本漢學家。倡經世之學，著有《論語集說》、《管子纂古》、《左傳輯釋》等書。其父安井滄洲（一七六七—一八三五），名完，字子全，號滄洲。漢學家。前後師事江戶古屋昔陽、京都皆川淇園。出仕飫肥藩，任振德堂總裁。著有《古今詩體》、《滄洲隨筆》等書。

3　飫肥藩：今宮崎縣日南市一帶地區，祿五萬一千八十石。

4　藩校：又稱藩學或學問所。江戶時代各藩所設教育藩士及其子弟之學校。

「你看。今天猴子單獨在走路。」

「猴子會唸書，才妙哩。」

「甚麼呀？聽說猴子比耍猴子的還會讀書。」

「喂，猴子小弟，今天耍猴子的怎不見呀。」

在狹窄的路上相逢的多半是熟人。仲平試著單獨走路後，發現了兩件事：第一，自己原來是在哥哥的庇護之下，卻一無所知；其二，可驚的是哥哥和自己都被取了綽號，難看的自己叫猴子，同時連哥哥也叫成耍猴子的。仲平把這個發現藏在心底深處，沒告訴過任何人。從此之後，下田地工作的時候，在來回的路上再也不會故意跟哥哥分開了。

身體虛弱的哥哥文治先去世。那是仲平在大阪篠崎小竹[5]門下進修的時候。原來仲平於二十一歲春天，從父親手中領到了金子十兩，離開清武村，來到大阪土佐堀三丁目的庫藏區，在大雜院裡租了一個小房間，過著自炊自助的生活。而且為了節約，把大豆用鹽和醬油煮熟當下飯的菜。在大雜院裡人稱「仲平豆」。大雜院裡有人擔心這樣會營養不足、有礙健康，所以勸他飲酒補氣；仲平居然坦率聽進去了，開始天天買一合酒；一到晚上，就把裝一合酒的酒壺，用紙捻子綁著吊在罩燈上面。於是，就在燈光下，開始讀起從篠崎塾借來的書籍，直到夜半時分，看到從壺底被燈火烤熱的酒壺口冒出濃濃的蒸氣。仲平這才放開書，津津有味地把一壺酒喝完，就躺下進入夢鄉去了。隔了一年，二十三歲時，留在故鄉的哥哥文治病逝。雖然在學術上不如弟弟，卻還算是個才氣煥發的年輕人，可惜孱弱多病，只活了二十六年。仲平接到訃音後，立刻離開大阪回家去。

其後，仲平於二十六歲時赴江戶，入籍古賀侗庵[6]門下，並且進入了昌平黌[7]學習。其實對於不大根據後世注疏、喜歡直接探究經義的仲平來說，

5　篠崎小竹（一七八一—一八五一）：儒者，名弼，字承弼。小竹之外，又有畏堂、南豐等號。著有《小竹齋詩文集》、《小竹齋詩抄》等。

6　古賀侗庵（一七八八—一八四七）：儒者，朱子學家。名煜，字季曄，號侗庵，又號古心堂、蠖屈居。佐賀藩儒古賀精里三男。為幕府儒官見習，與父同仕昌平黌。通諸子百家，著有《侗庵文抄》、《古心堂詩卷》等多種。

松崎慊堂[8]比古賀更令他仰慕，只不過按當時的慣例，要入昌平黌的話，非得先經過林家[9]或古賀之門不可。這個滿臉痘痕、單眼、矮個子的鄉下書生，在昌平黌裡也難免受到同窗的欺凌。儘管如此，仲平並不介意，默默耽溺於書中的世界。他在身邊的柱子上，貼了用半裁紙寫的幾行文字。又想來嘲弄仲平的同窗，見到紙上寫著：

「今有一杜鵑，忍辱忍岡邊[10]，唯願時際會，一鳴飛上天。」

同窗玩笑說：「哇，好大的抱負啊？」說著離開了，心裡卻有一股說不出來的味道。這是他在十九歲傾心於漢學之前，曾經稍稍涉獵過國文的遺緒，故意模仿當下流行的和歌作風，胡謅出來，藉以回報同窗的揶揄的。

仲平還在江戶，年二十八時，應聘擔任藩主的侍讀[11]。而翌年藩主歸國時也隨伴歸來了。

今年正月，選定在清武村中野閭成立藩學問所，正在興建中。落成之後，將由六十一歲的父親滄洲翁，協同今年二十九歲、自江戶伴隨藩主歸來的仲平，父子兩人共同主持講壇。這時滄洲翁談起給兒子娶媳婦的事來。然而這不是容易解決的問題。

因為儘管仲平去過江戶，又是昌平黌出身，那些說過「仲平這孩子了不起」的鄉里人等，看了這個滿臉痘痕、獨眼龍、矮個子的相貌，還是會禁不住在背後說「仲平是個醜八怪」。那是無可奈何的。

滄洲翁是曾到江戶遊學、飽經風霜的老人。現在兒子仲平的學業已大致

7 昌平黌：江戶幕府所設學府。寬永九年（一六三二）林羅山奉命建孔子廟於忍岡為其嚆矢；元祿三年（一六九〇）遷至神田湯島（今湯島聖堂），以林家為世襲大學頭，振興以朱子理學為主之所謂官學。對江戶時代漢學之發展影響甚鉅。

8 松崎慊堂（一七七一—一八四四）：儒者，名復、密，字明復、退堂，號慊堂。學於昌平黌，師事林述齋。掛川藩校教授。著有《慊堂日曆》、《慊堂全集》二十卷等。

9 林家：林家為昌平黌世襲大學頭，在此指林述齋（一七六八—一八四一），名衡，字德詮。門下有佐藤一齋、松崎慊堂等人。

10 忍岡邊：初期昌平黌在忍岡，今東京上野公園一帶。

11 藩主：當時為第十三代藩主伊東祐相（一八一二—七四）。息軒於文政九年（一八二六）奉命為侍讀。

完成了；明年將到三十歲，總覺得無論如何，應該給他娶個新娘子才好。不過對於尋找對象之難，不用說，心裡當然有數。

滄洲翁的身高雖然不比仲平矮，但自己也有痘痕，也是獨眼龍，親身嘗受過關於異性的痛苦經驗。如果想與陌生姑娘經由相親來決定婚事，連自己都不能做到；何況仲平和自己不但有同樣的缺陷，而且個子又矮，不用想也知道，那是不可能行得通的。仲平的新娘只能在早已認識的姑娘人家中去找，別無他途。老翁根據自己的親身經驗，這樣想著：再年輕貌美的女子，交往不久後，智慧不足的缺點就會偶而暴露出來，而她的美貌因而也會慢慢被遺忘。又過了三十、四十，愚蠢的毛病會完全顯在臉上，而當年那個美人的身影，已經消失殆盡，讓人覺得最好敬而遠之。反之，即使相貌有瑕疵，只要是才女，在交往的過程中，就會忘記她的難看。而且隨著年齡的增加，她的才氣甚至會使眉目清秀，讓人越看越順眼。仲平只要看他閃一隻眼，談起道理來，其實就是一個不折不扣的好男子。這不是為父的偏心眼。只希望這樣的好兒子能娶到有慧眼的才女。老翁自己在心裡大致這樣想著。

滄洲翁想起在五大節日[12]或在忌辰奠儀上，常會遇到的親戚中，哪些家還有未出嫁的女孩。首先想起的是十九歲的八重，長得美，最引人注目。父親是常駐江戶的定府[13]，娶了江戶女子為妻，生了這個女兒。江戶的化粧，江戶的腔調，母親還教她舞蹈。這種女孩想娶也娶不到，也不是合適的對象。想一想有沒有相貌樸素、氣質高雅，而又喜歡讀書的姑娘；可是很遺憾，居然一個也想不起來。怎麼想，都是些平凡至極的女孩。

想來想去，想得茫無頭緒之際，老翁終於想起了近鄰川添家的女兒。川添家在同清武村今泉區小岡閭，是滄洲翁夫人[14]的娘家，有兩個仲平的表妹。妹妹佐代十六歲，要配三十歲男人仲平過於年輕。加以美麗能幹，在年輕人之間有「小岡小町[15]」之稱；總覺得好像與仲平不怎麼搭配。姊姊阿豐

12　五大節日：一月七日（人日）、三月三日（上巳）、五月五日（端午）、七月七日（七夕）與九月九日（重陽）。
13　定府：大名家臣固定長期駐在江戶藩邸，處理與幕府或他藩相關事務之職稱。
14　夫人：亦即息軒之母，歿於文化九年（一八一二），享年五十八。

已經二十歲，匹配遲婚的男人，年齡的差別也不會顯得那麼大。阿豐的容貌一般，沒甚麼可說是特殊的性格，只是具有女人少見的活潑，而且心直口快，有甚麼就說甚麼。那種純樸天真的言行，自由自在，不受任何拘束。母親老說她「不怕難為情」，但老翁卻喜歡她這樣的性情。

滄洲翁在心裡是想定了，卻不知道如何去進行提親事宜。這些女孩子平時對自己畢恭畢敬、惟命是聽，而現在竟要為兒子直接向她們提出婚事，當然是說不出口的。自從岳父岳母物故之後，川添家已由子孫輩管事，如果老翁唐突提起通婚的事，說不定對方會覺得不知如何是好。有不少好友之間，因為唐突提出類似的話題，結果沒談成，反而尷尬收場，至少有一段時間中斷了交往的例子。何況在親戚間，必然得更小心不可。

於是想起了仲平的姊姊，人稱長倉夫人。蒼洲翁向她表明了心願。夫人應聲而回說：「如果是給仲平死去的哥哥說親，阿豐大概二話不說，就會馬上嫁過來吧。」顯然有點保留。可見夫人是從與父親不同的角度看待阿豐的。然而，既然這是父親的交代，也想不出還有甚麼合適的姑娘可以當弟弟的新娘，而且也覺得阿豐不一定會一口拒絕這門親事，所以只好答應當媒人走一趟了。

川添家正在布置女兒節的雛偶[16]。阿豐從裡間搬出許多貼著字條的盒子，散放地板上；從各盒子裡取出天皇、皇后和五人奏樂手等的雛偶，除去包裝用的棉花和薄紙，一一列在壇上。佐代偶而出手幫忙，阿豐就會罵妹妹說：「好啦好啦，別插手，讓我自己來。」

長倉夫人拉開了障子門，露面進來。手裡拿著緋桃花新開的折枝。

「哇，正在大忙特忙呀。」

阿豐剛取出老翁老婆的人偶，給他們手裡分別插好掃把與釘耙後，停下

15　小町：小野小町，平安前期才女歌人，生卒年不詳。六歌仙與三十六歌仙之一。傳為當時絕世美女。留下和歌六十多首。

16　雛偶：三月三日女兒節，稱雛祭。雛為雛人形之略，即小型偶人。家有女孩者在家中設梯形雛壇，擺列雛偶，男女必成對，並供白酒、桃花，以祛邪保平安。

手看了看桃花。「府上的緋桃已經開成這樣了？舍下的小得多，還在含苞待放哩。」

「出來時匆匆忙忙，只折了這幾枝。想插更多更多的話，看你要多少，歡迎隨時到家裡來折。」說著把桃枝交給了阿豐。

阿豐接過了花，向妹妹說：「這兒就保留這樣子，別碰喔。」就拿著桃枝進廚房裡去了。

長倉夫人跟在後面進去。

阿豐從廚房架子上取下提水桶，走出後門到房側的井邊打了水進來，把桃枝不經剪裁就丟進水瓶裡。銜命而來的夫人，看著她動作敏捷俐落，覺得把她娶來做弟弟的新娘，肯定馬上大有益處，臉上不禁浮現了微笑。脫下木屐進入廚房的阿豐，用掛在壁邊竿子上的布巾搓擦著手，夫人趁機靠到她的身邊。

「安井家準備給仲平娶新娘了。」一開始夫人就道破了主題。

「嘿，從哪裡？」

「新娘嗎？」

「是啊。」

「這個新娘啊。」夫人停頓了一下，凝視著阿豐的臉，「就是妳。」

阿豐這一驚非同小可，臉色發呆，可是不久滿面微笑。「是胡說吧？」

「是真的。我就是來傳這個話的。等一會，我想還得告訴你母親。」

阿豐放下了布巾，雙手頹然下垂，面對長倉夫人站著。臉上的微笑頓時消失了。「我認為仲平表哥是個了不起的人才，可是要我嫁給他，把他當丈夫，我是不願意的。」

阿豐的拒絕太直率簡短明白，使長倉夫人一時突然語塞，不知如何是好。可是既然奉命而來，覺得不向兩個女兒的母親說明來意也不妥，所以把直接與阿豐談判而失敗的始末，大致向川添的夫人說明了一下，喝完了倒在玻璃杯裡的白甜酒，就要告辭了。

川添夫人一向袒護仲平的為人，覺得這門親事沒談成，實在是一大憾事。所以準備跟阿豐再好好談一談看，請暫時把阿豐唐突回絕的事隱瞞起來，先別讓安井家知道。長倉夫人也贊成暫緩據實報告的建議，但總覺得難以相信阿豐會改變她的想法。「勸勸看吧，請別叫她太為難。」留下了這話，就站起來走了。

當長倉夫人出了川添家的門，走了差不多二三町時，從後面追來了川添家的僕人音吉。帶來了口信說：忽然有急事相告，麻煩您折回舍下。

長倉夫人感到意外。不信阿豐會那麼快就改變主意。到底是甚麼急事呢？邊這樣想著，邊跟音吉回到了川添家。

「在回家路上，特意請您轉回來，真不好意思。」川添夫人迫不及待，折回來的客人還沒坐定，就想開始說話。

「嗨。」長倉夫人注視著女主人的臉上。

「關於那仲平表哥的親事啊，我以為是求之不得的好事，所以叫阿豐來，試著說服她，但堅決說不去就是不去，根本說不動她。之後，佐代問了姊姊到底是怎麼回事，就到我這兒來，好像想說甚麼又不敢說。怎麼啦？我只好問她。她卻問我說：能不能讓她嫁到安井家？我想她對結婚這種事的意義和道理，也許一無所知，就問這問那問了好一會兒，她卻總是斬釘截鐵地說：只要對方肯娶我，我一定要把自己嫁給他。這好像是多管閒事，不過無論如何，至少總得聽聽對方的看法，所以才想向您請教，徵求高見。」

聽那口吻，好像難於啟齒的樣子。

長倉夫人感到相當意外。當父親提起這件事的時候，曾說「阿佐還太小」，也說過「長得太美了」。可是這並不表示父親不喜歡她，其實平時早就很喜歡這個小內姪女了。父親大概考慮到年齡的問題，才希望娶歲數較大、長相普通的阿豐為媳婦。假如年輕貌美的佐代自願肯來，那是再好不過了。話雖如此，謹慎內向的佐代居然主動向她母親表示自己的願望，真是難得。長倉夫人想，這件事反正還得跟父親和弟弟商量，最好能如佐代之所願，把她娶過來。「哇，是這樣嗎？家父雖然屬意阿豐，不過我想一想，總覺得他一定不會有反對佐代的意思。趕快回到那邊報告這個好消息。可是啊，那麼內向的佐代竟然跟您說這樣的話，實在難為她了。」

「就是啊。我也真的吃了一驚。自己總以為小孩在想甚麼，做母親的都一清二楚。其實大謬不然。如果同意向令尊報告的話，我們可以叫她出來，在這兒再問她一次，聽她怎麼說。」於是叫了小女兒。

佐代恭恭敬敬地拉開了障子門，走了進來。

母親問她說：「那個，剛才妳說的，只要仲平表哥肯娶妳的話，妳一定願意嫁過去，對不對？」

佐代的臉紅到耳根。「是」的一聲，頭垂得更低了。

長倉夫人感到意外，滄洲翁同樣也感到意外。然而最感到意外的是準新郎仲平。對這件事有既驚訝又高興的，只是附近的男人卻又驚訝又嫉妒。而且不約而同放出「小岡小町要嫁給猴子」的風言風語。不久消息傳遍了清武全鄉，沒有一個不驚訝的。但已變成不雜高興與嫉妒的單純驚訝了。

婚禮由長倉夫人當媒妁，在桃花未謝之前就辦完了。然後，這個人們眼中的美人，一向被當成娃娃看待的佐代，彷彿一隻破繭而出的飛蛾，擺脫了謹慎內向的態度，周旋在許多出入家裡的書生之間，儼然占住了一家主婦的地位。

十月學問所的明教堂落成，在親戚故舊聚集慶祝的宴會上，面對美麗、活潑而直爽的年輕夫人，客人無不肅然起敬；因為跟世上傳言中所揶揄的新娘，大異其趣，一點也不一樣。

翌年仲平三十、佐代十七。長女須磨子出生。隔一年的七月，藩校決定遷到飫肥。其次年，六十五歲的滄洲翁出任飫肥振德堂[17]總裁，三十三歲的仲平在其下當助教。清武的房子改由近鄰名叫弓削的人居住，安井一家則在飫肥加茂區換得了一塊宅地。

仲平三十五歲時，陪侍藩主再度至江戶。這是佐代偶而獨守空房的首次。翌年歸來。

17 振德堂：天保二年（一八三一）設立之飫肥藩藩校。其名蓋取自《孟子．滕文公》：「又從而振德之。」

滄洲翁六十九歲，中風去世。是仲平第二度自江戶歸來的次年。

仲平於三十八時，因公三度赴江戶。二十五歲的佐代二度嘗到了守空房的滋味。翌年仲平出任昌平黌的齋長[18]。繼之，外櫻田[19]藩邸方面也命他擔任大番所番頭[20]之職。其次年，一旦返鄉時，決定不久之後移居江戶。於是和佐代約好，稍後在江戶找到了居處後，就迎接佐代前來團聚。他下定決心，打算辭掉現在藩邸的工作，自己開設家塾來教導學生。

這時候，仲平淵博的學識終於逐漸揚名於世，在親友中也已有像鹽谷宕陰[21]那樣的大人物。兩人一起散步時，雖然相貌都很難看，但鹽谷個子高，比較挺拔，所以有人冷嘲道：「鹽谷一丈雲横腰，安井三尺草埋頭。」

仲平為人質樸，即使身在江戶，也過著極端簡易的生活。當他重返江戶至出任昌平黌齋長之前，住在千駄谷的藩屬下邸；然後遷到外櫻田的上邸，接著在增上寺內的金地院[22]僦居時，一直都是自助自炊。即使決定要移居江戶，暫時住在千駄谷，因為遭到火災，才在五番町[23]以銀子二十九枚買了一處拍賣的房子。

可是迎接佐代來江戶時，又從五番町搬到上二番町租借的房屋。這就是所謂的三計塾[24]，樓下有兩三個三四疊的房間，樓上是掛著斑竹山房匾額的書齋。其所以叫斑竹山房，是因為在移居江戶時，從本國田野村假屋閭[25]的租屋把虎斑竹連根移了過來。仲平今年四十一，佐代二十八。在長女須磨子

18 齋長：齋舍（讀書房）之長，如今管理學生事務之主任。
19 外櫻田：今千代田區霞關一帶，飫肥藩上邸所在地。
20 大番所番頭：藩邸警衛之長。
21 鹽谷宕陰（一八〇九－六七）：儒者。名世弘，字毅侯，號宕陰。十六歲入昌平黌，後師事松崎慊堂。文久年間（一八六一－六四）與安井息軒同為昌平黌儒官。著有《阿芙蓉彙集》、《不揚錄》等書。
22 增上寺：在今港區芝公園之淨土宗大本山，德川將軍家菩提寺。金地院：臨濟宗南禪寺派，傳藏書甚豐。
23 五番町：與下出之上二番町均在今千代田區一番町。
24 三計塾：息軒〈三計塾記〉云：「三計者何？一日之計在於朝，一年之計在於春，一生之計在於少壯時。」
25 田野村假屋閭：今宮崎縣宮崎郡田野町，江戶時期屬於清武鄉。

之後，接連生了二女美保子、三女登梅子，三個都是女孩。美保子因偶然一場病而夭折，佐代就帶著十一歲的須磨子和五歲的登梅子到三計塾來。

當時仲平夫婦還沒雇過一個女傭。佐代煮飯，須磨子出去買菜。只是須磨子的日向[26]腔當地的商人聽不懂，所以常常辦不了事，垂頭喪氣地空手回來。

佐代不修邊幅，早晚工作不停。儘管如此，她那昔日被稱為「小岡小町」的風姿韻致，彷彿依然猶存。最近有一個叫黑木孫右衛門的男人，常來找仲平說天道地。他原是飫肥外浦[27]的漁夫，由於擅於物產學[28]而為上面特別起用，刻在江戶擔任徒士[29]的工作。他看著佐代端茶出來，又轉回廚房去的動作，露出又狡猾又滑稽的臉色，問仲平說：

「先生，這位就是夫人吧？」

「是啊。就是髮妻。」仲平恬然答道。

「哦，夫人做過學問沒有？」

「不不，談不上做甚麼學問。」

「看來夫人比先生的學問有更好的見識。」

「何以言之？」

「那麼漂亮的美人居然嫁給先生當夫人，就知道了。」

仲平不禁失笑。覺得孫右衛門直率的奉承話相當有趣，就叫他陪著下了一盤自己頗為得意的笨碁，才讓他回去。

佐代離開故鄉那一年，仲平移至小川町。翌年在牛込見附[30]外買了家。房價僅十兩金子。八疊的那一間有壁龕與迴廊。此外有四疊半一間、二疊一間，還附有窄小的地板間。仲平在八疊的房間裡，擺一張書几，周圍堆著山

26 日向：古九州國名之一，今宮崎縣。

27 外浦：今宮崎縣南那珂郡南鄉町港口。

28 物產學：即博物學，以動物、植物、鑛物等為研究對象之學問。

29 徒士：不許騎馬之下級武士。

30 小川町：今千代田區小川町。
牛込見附在今千代田區富士見町，隔外濠與神樂坂相對。

一般高的書，坐在中間閱讀與書寫。最近正在借閱靈岸島鹿島屋清平衛[31]的藏書。原來仲平雖有博覽群書之譽，卻無收藏書畫之癖。樸實而不浪費，維持生活沒問題，但無力大量購買書籍。借書來閱讀，摘要抄錄之後，就還給藏書主人。當年到大阪進篠崎塾的目的，並不是想從篠崎學習甚麼學問，主要就是為了要借書。後來之所以寄宿芝區金地院，也是為了利用該院的書庫找書。這一年三女登梅子急病夭折，四女歌子出生。

其次年藩主為幕府奏者，命仲平為助理[32]，以視力欠佳而堅不受命。的確，因為常在昏暗的燈光下看書，難怪視力愈來愈差了。

又其次年，仲平移居麻布長坂[33]後巷。是用牛込舊家拆下來的材料重建的。移居後不久，仲平就往松島[34]觀光旅遊。身披淺藍色木棉開衩外褂，腰插銀鑄大小雙刀，頭戴菅笠，腳穿草鞋。旅遊歸來，三十一歲的佐代生下了個男孩。長大後成為可比「小岡小町」的美男子。他就是揚言要以《今文尚書》[35]二十九篇治天下的才子棟藏。可惜在二十二歲的夏天，罹患暴瀉而亡。

中隔一年，仲平夫婦短期住在上邸的簡陋官舍後，遷到番町袖振坂[36]。同年冬，佐代三十三歲，生了男孩謙助。只因母乳不足，寄養在雜司谷的里正家。謙助長大後，承傳了與父親相似的異相，後來自稱安東益齋，一邊在東金[37]、千葉二地行醫為業，一邊教授漢學度日。由於生性暴躁、易動肝火，二十八歲時在千葉自殺。墓在千葉町大日寺[38]。

31　靈岸島鹿島屋清兵衛：靈岸島在今中央區新川、二丁目。鹿島屋清兵衛為富裕酒商，兼有名藏書家。

32　奏者：幕府職稱。在年初、五節日、參勤、襲封之際，大名謁見將軍時，掌宣布大名官銜姓名等事務之職。每一奏者可設助理（原文押合方）三人。

33　麻布長坂：今港區永坂町。天保十三年五月十六日移居至此。

34　松島：在宮崎縣中部，其松島灣為日本三大勝景之一。

35　今文尚書：書名。秦焚書坑儒，典籍失傳。前漢初，伏生以今文（隸書）紀錄口傳尚書，共得二十九篇，是謂《今文尚書》。

36　番町袖振坂：在今千代田區一番町，又稱袖摺坂。

37　東金：今千葉縣東金市。

38　大日寺：真言宗豐山派寺院，在千葉市中央區千葉神社近鄰。

仲平四十八、佐代三十五那年，美國軍艦出現在浦賀海上[39]，天下進入了多事之秋。聞名天下人稱息軒先生的大儒仲平，動輒險被捲入時代的漩渦中，幸而都能僅以身免。

飫肥藩禮聘仲平為資政。仲平獻上了海防策[40]。當年四十九。五十四歲時，與藤田東湖[41]訂交，受知於水戶景山公。五十四時，佩里[42]船隊來到浦賀，提出了攘夷封港論[43]。這一年，由於藩政與己意相左，憤而辭職。然而不做資政後，應聘為顧問，職稱改而職務不變。五十七時，提出蝦夷開拓論[44]。六十三歲時，向藩主請求歸隱。同年，井伊閣老[45]在櫻田門外遭難。景山公壽終正寢。

仲平五十一時，遷家至隼町[46]。翌年，遭逢火災後，賣掉燒剩的倉庫、門窗等物，搬到番町。五十九時，移至麴町善國寺谷[47]。寫了不談邊務一文[48]張貼在二樓上的，就是住在番町的時候。

佐代四十五歲時罹患了稍重的病症，不久就恢復了。可是在五十歲春天，又倒在病床上，到了五十一的正月四日，終於去世。那一年丈夫仲平六

39 弘化三年（一八四六）閏五月二十七日，美國軍艦二艘以送還漂民之名，進入浦賀港，並要求日本開放貿易。息軒於六月一日往浦賀，五日還江戶，在櫻田上邸報告浦賀所見所聞。

40 海防策：息軒當時有《海防私議》一卷，提出製造大砲、船艦，構築堡壘之防外政策。

41 藤田東湖（一八〇六—五五）：水戶藩士，名彪，號東湖。通稱虎之助，後誠之進。為藩主德川齊昭輔弼之臣。齊昭即下出之景山公，水戶藩第十二代藩主。

42 佩里：M. C. Perry（一七九四—一八五八），美國海軍艦長，嘉永六年（一八五三）六月，為遣日特使，率軍艦四艘來浦賀。翌年三月在橫濱簽訂日美和親條約。

43 攘夷封港論：指《靖海問答》、《料夷問答》、《外寇問答》等書。

44 蝦夷開拓論：安正元年（一八五四）冬，著《蝦夷論》上下二篇，強調俄國威脅，主張應積極開拓蝦夷（日本東北），以防俄國侵略。

45 井伊閣老：井伊直弼（一八一五—六〇），近江彥根藩第十五代藩主。安正五年（一八五八）任幕府大老，無敕許而簽訂日美修好通商條約，嚴格取締尊王攘夷派志士，即所謂安政大獄。萬延元年（一八六〇）三月三日在櫻田門外，遭水戶、薩摩藩浪士暗殺。史稱櫻田門之變。

46 隼町：今千代田區隼町。

47 麴町善國寺谷：江戶時期地名，在今麴町三、四丁目一帶，亦稱鈴振谷。

48 不談邊務：謂不談海防之事也。傳當時關心國事者踵至，息軒敬謝不敏，寫一文章貼在樓上，中有句云：「不云不為，況彼邊務。」

十四歲。留下的孩子當中，男的有短命的棟藏及謙助二人；女的有須磨子和歌子。須磨子先嫁秋元家[49]管家之子田中鐵之助，不幸離婚後，由鹽谷宕陰作媒，改嫁肥前國島原出生的志士中村貞太郎[50]，化名北有馬太郎。須磨子在改嫁丈夫死於獄中之後，就帶著兩個小孩阿糸和小太郎回到安井家長住。多病孱弱的四女歌子，在母親去世後第七個月，緊追其後也往生了。享年僅二十三歲。

佐代究竟是甚麼樣的女人呢？把柔美的肌膚藏在粗布的服裝下，終其一生侍候質樸的仲平。在離飫肥吾田村星倉閭[51]約一里的小布瀨，有一個同宗叫安井林平的人；他的妻子阿品珍藏著一件棉織條紋夾衣，說是佐代送她做紀念的。大概佐代從未穿過這種絲布之類的衣服吧。

佐代不辭勞苦，侍候丈夫而不求任何回報。不僅甘於粗樸的衣著而已。她從來不說想住豪華的宅院，不說想用名貴的傢俱；不覺得要吃好吃的美食，不覺得要看好看的東西。

如果說，佐代是不解奢侈的蠢女人，誰也不信。或者說，她在精神上與物質上，恬淡自足，一無所求，誰也不信。佐代心裡一定抱著極不尋常的願望，而在這願望之前一切彷彿塵芥，都變得微不足道了。

佐代的願望是甚麼呢？世上賢達之士大概會說：無非期望丈夫的榮華富貴而已。寫完了佐代的故事，我也不能否認這種看法。然而，如果比照商人投資以牟利的作風，佐代忍苦耐勞把自己奉獻給了丈夫，一直未獲任何報酬而至於身亡，那麼，對這種看法，恕我不敏，是不敢苟同的。

我總覺得佐代面向未來，必定在期待著甚麼願景。直到瞑目為止，她那雙美麗的眼睛，總是凝眸注視著遙遠的地方，或許根本就無暇想到自己的死，也沒想過死亡的不幸。她期望的對象到底是甚麼呢？恐怕連她自己也迷

49 秋元家：上野國（今群馬縣）館林藩，祿六萬石。
50 中村貞太郎（一八二八—六二）：名百之，字誠所，通稱貞太郎。安井息軒門下，勤皇攘夷派。文久二年（一八六二）五月被捕，六月死於傳馬町獄中。
51 吾田村星倉閭：今日南市吾田町內。

迷糊糊，一直沒有清清楚楚地辨別出來。

佐代身故後第六個月，仲平六十四歲，應召來到江戶城[52]。兩個月後晉謁德川將軍，受命列為執事[53]之一。翌年改任書院與警衛兩番[54]上席。仲平的身份變成了直屬[55]武士後，飫肥藩正式起用了謙助。隨後謙助兼任昌平黌外勤任務，因此故里的名籍，於安政四年，傳給須磨子與中村所生長女阿糸的夫婿高橋圭三郎。可是這對夫婦英年早逝。後來由須磨子的兒子小太郎繼承。仲平六十六時，拜陸奧塙[56]代官，俸祿六萬三千九百石；但因病固辭，乃編入無職官員[57]之列。

仲平六十五時，遷居下谷徒士町[58]。六十七時暫時住進本藩上邸後，在麴町一丁目半藏門外的壕邊買了房子，搬了進去。與策士雲井龍雄賞月的海嶽樓[59]就是這房子的二樓。

幕府滅亡的餘波未平，江戶眾情鼎沸之際，仲平七十歲，正式從公家引退下來。不久，海嶽樓毀於火災，暫時寄居本藩上邸或下邸的官舍。當江戶還在騷然動亂期間，則隱居於王子在領家村[60]農戶高橋善兵衛之弟政吉的家裡。須磨子已於三年前回去飫肥；謙助的妻室淑子帶著前一年八月所生的千菊，從天野家來到仲平的隱居同住。產後體弱的淑子，來陪公公隱居不到六

52 息軒於文久二年七月應召進城，十二月十二日，與親友鹽谷宕陰、芳野金陵受命為昌平黌教授。息軒屬於古學派，而竟成為專尊朱子學之幕府儒官，可謂異例而受到注目。

53 執事：原文用人，江戶時代幕府及藩主家職稱之一，在主君身邊管理出納等家務雜事之職。往往是榮譽頭銜。

54 兩番：江戶幕府番方（警衛部門）制度上，書院番與小姓組番之並稱。二番均屬高層警衛單位。小姓番組擔任殿中儀式之安排、將軍外出時之警衛等事宜。

55 直屬：原文直參。指直屬將軍而俸祿在一萬石以下者。

56 陸奧塙：今福島縣東白川郡塙町。幕府直轄地，置有代官所。

57 無職官員：原文小普請人。幕府直屬家臣組織之一，由祿三千石以下、無官職之武士組成。

58 下谷徒士町：今東京台東區御徒町。

59 海嶽樓：慶應元年（一八六五）仲秋，在海嶽樓與塾生一同舉行賞月之宴，當時塾之執行長為雲井龍雄。

60 王子在領家村：今埼玉縣川口市領家町。息軒於慶應四年三月十三日遷入。

個月，就死了，只有十九歲。丈夫謙助在下總，不能見最後一面。

仲平於在領家村隱居到冬天，就移居彥根藩的代代木官邸。這是出於彥根藩願意出版他所著《左傳輯釋》[61]的安排。翌年七十一歲，移居舊藩的櫻田官舍；七十三時，又移居土手三番町[62]。

仲平的去世，是在他七十八歲那年的九月二十三日。謙助和淑子所生的十歲孫子千菊繼承了家業。千菊夭折後，改由小太郎的次男三男繼承下去。

61《左傳輯釋》：全二十五卷。息軒為便校閱，同意住進彥根藩邸。該書於明治四年（一八七一）以「彥根藩學校藏版」上梓。

62 土手三番町：今千代田區五番町。房屋廣闊，可容塾生四十餘人。

附錄

一、事實

明和四年丁亥九月三日，安井完生。姓日下部，字子全，號滄洲。家在日向國宮崎郡清武村中野。寬政八年朝淳生。字子樸，又字士禮，通稱文治，號清溪。

十一年己未正月元旦，衡生於清武村今泉岡川添氏之家。字仲平，以字行。初號青瀧、中足軒、後息軒。又號半九陳人、葵心子。

文化元年甲子完至江戶，師事古屋昔陽。訪皆川淇園於京都。

三年丙寅四月完歸鄉。

四年丁卯，完為藩治水使。

九年壬申，川添家佐代生。

十年癸酉，完為教授。

文政元年戊寅，槙生。槙非安井氏血統。後千菊夭折，槙權為戶主。

二年己卯，衡至大阪，入篠崎小竹門。

四年辛巳，朝淳歿，葬於清武村文榮寺。衡歸鄉。

七年甲申，完兼科兵使。衡往江戶，入古賀侗庵門。後入昌平黌。

九年丙戌，衡為侍讀。

十年丁亥，衡歸鄉。中野明教堂成。

十一年戊子，須磨子生。

天保二年辛卯，飫肥振德堂成。完為總裁兼教授。衡為助教。安井家徙飫肥加茂。

三年壬辰，飫肥安國寺安井氏祖墓成。

四年癸巳，衡至江戶，居外櫻田邸。

五年甲申，衡歸鄉。

六年乙未七月二十一日，完卒，年六十九。葬於飫肥太平山。是年登梅子生。

七年丙申，衡至江戶，居千駄谷邸。

八年丁酉，衡入昌平黌為齋長。又任藩邸大番所番頭。後移外櫻田邸。又僦居芝金地院。

九年戊戌，衡歸鄉。後徙江戶，居千駄谷邸。冬移五番町。

十年己亥，居上二番町。後移小川町。

十一年庚子五月八日，登梅子夭折，僅六歲，葬於高輪東禪寺。衡移居牛籠門外。是年歌子生。

十二年辛丑，衡任藩主助理（押合方），以病辭。

十三年壬寅，移麻布長坂裡街。夏北遊松島。八月十九日朝隆生。字棟卿，通稱棟藏。

弘化元年甲辰，衡居外櫻田邸。後移番町袖振坡。十一月十日敏雄生，後名利雄，又名益，通稱謙吉，又稱謙助，號默齋。

四年丁未，衡為藩資政（相談中）。

嘉永二年己酉，移隼町。
三年庚戌，移番町。
五年壬子，須磨子嫁田中氏。後再嫁中村氏。
六年癸丑，衡罷資政。改為執事（用人格）。
安政四年丁巳，阿糸生。是年移善國寺谷。
五年戊午，小太郎生。名朝康，號樸堂。
萬延元年庚申，向藩申請致仕。
文久元年辛酉，罷執事。
二年壬戌正月四日，佐代卒，享年五十一。葬於東禪寺。七月二十日衡應幕府徵召。八月四日歌子歿，年二十三。九月十五日衡晉謁將軍，二十三日列席執事之中。
三年癸亥二月一日，衡為兩番上席。移下谷徒士町。六月十九日朝隆歿，年二十二，葬於駒籠龍光寺。
元治元年甲子二月十日，衡任陸奧塙代官。八月以病辭。

慶應元年乙丑，居外櫻田邸。後移半藏門外。九月須磨子赴飫肥，居清武村大久保平山。

三年丁卯七月，飫肥太平山碑成。八月千菊生。

明治元年戊戌二月十七日，衡請幕府致仕。居外櫻田邸。後移千馱谷邸。三月十三日徙足立郡領家村。四月謙助寓比企郡番匠村醫小室元長家。七月至下總國東金。九月二十二日天野淑子歿，年十九，葬於龍光寺。十一月徙代代木彥根藩邸。

二年己巳八月，居外櫻田邸。

四年辛未七月二日，謙助自殺於下總。九月衡移土手三番町。

九年丙子九月二十三日，衡卒，年七十八，葬於駒籠養源寺。

（右參考若山甲藏君撰〈息軒傳〉、現存金石碑文、安井小太郎與依知川敦君之書信）

二、東京及其附近遺蹟

駒籠養源寺：

有安井息軒先生碑。明治十一年九月川田剛撰文，日下部東作書。
有安井須磨子墓。明治十二年五月十九日卒，享年五十一歲。
有安井千菊墓。明治十六年一月一日卒，享年十八歲。
有安井槙子墓。明治二十一年十月六日卒，享年七十一歲。
有安井健一郎墓。明治二十四年九月二日卒。

駒籠龍光寺：

有安井朝淳之墓。文久三年六月十九日歿，享年二十有一。昌平黌教授安井衡誌，三浦汝檝書。
有安井孺人天野墓。明治戊辰九月二十二日歿，安井謙助妻。

（右大正三年三月一日往訪）

高輪東禪寺：

有雪峯妙觀大姉墓。飫肥安井仲平妻川添氏佐代，享年五十一，文久二年壬戌正月四日歿。

有桂月妙輝信女墓。飫肥安井仲平第四女歌子，享年二十三，文久二年壬戌八月四日卒。

有玉影善童女墓。日洲飫肥安井仲平第三女，俗名登梅子，享年六歲。天保十一年庚子五月八日卒。

（右大正三年三月七日往訪）

下總國千葉町大日寺：

有安井敏雄墓。明治四年辛未七月三日歿於下總千葉僑居。息軒安井衡誌。

（右大正三年四月二十八日，依知川敦君往訪）

＊本篇寫於大正三年四月，所依據之主要文獻如下：
若山甲藏著《安井息軒先生》，大正二年（一九一三），藏六書房

譯注：附錄中所舉年號對照西曆如下：
明和（一七六四－一七七二）
寬政（一七八九－一八〇一）
文化（一八〇四－一八一八）
文政（一八一八－一八三〇）
天保（一八三〇－一八四四）
弘化（一八四四－一八四八）
嘉永（一八四八－一八五四）
安政（一八五四－一八六〇）
萬延（一八六〇－一八六一）

文久（一八六一—一八六四）
元治（一八六四—一八六五）
慶應（一八六五—一八六八）
明治（一八六八—一九一二）
大正（一九一二—一九二六）

ぎょげんき

魚玄機

魚玄機殺人而入獄了。風聲立刻在長安人士之間傳播開來。實在出人意表之外，沒一個人不感到驚訝的。

唐代道教盛行。因為皇室姓李，道士們認為奇貨可居，聲稱老子就是李氏祖先，所以供奉老君好像等於祭祀宗廟。天寶以來，西京長安有太清宮，東京洛陽有太微宮。其他都會各有紫極宮[1]。各地都定期舉行莊嚴肅穆的祭典。長安在太清宮下有許多樓觀。道教之有觀如佛教之有寺；寺有僧侶，觀有道士。觀中之一叫咸宜觀[2]，女道士魚玄機就住在那裏。

玄機久來以美人聞名。她與其說是趙瘦，無寧說是楊肥[3]。既然是女道士，或以為會嫌棄胭脂粉黛，其實不然。平生一直不改凝粧冶容。下獄時是懿宗咸通九年，玄機正好二十六歲。

玄機之聞名於長安人士之間，不僅因為她是個美人。這位美人也善於作詩詠歌。不用說，詩在唐代最為盛行。隴西出李白，襄陽出杜甫。兩人盡其天下之能事後，太原的白居易踵繼而起，曲盡古今人情，所作〈長恨歌〉與〈琵琶行〉，家家戶戶莫不朗詠。白居易亡故的宣宗大中元年[4]，玄機還是五歲的小女孩，聰明伶俐，已能背誦不少白居易，還有與他齊名的元微之的詩，包括古今體，多達數十篇。十三歲時玄機開始試作絕句。到十五歲時，已有所謂魚家少女之詩，流傳在好事者之間，輾轉傳抄的情形。

就是這個美女詩人因為殺人而下獄了，當然引起世間的注意，造成了當時震動一時的新聞。

＊

1　唐玄宗於天寶二年（七四三）改稱各地玄元皇帝（老子）廟為太清宮（長安）、太微宮（洛陽）、紫極宮（各州）。

2　咸宜觀：在長安東城親仁坊。肅宗皇女咸宜公主入道之處，以後成為道姑之道觀。

3　趙瘦：指漢成帝皇后趙飛燕，體態輕盈，為瘦美人典型。楊肥：指玄宗寵妃楊貴妃，肥胖美人之代表。

4　大宗元年：當西曆八四七年。

魚玄機的出生之家，位於從長安大道橫入的小街上。所謂狹邪之地，家家都培養著歌妓。魚家也是其中的倡家之一。當初玄機說要學詩的時候，雙親二話不說、滿口答應；趕快從鄰街請來了一個窮措大，在家裡教她平仄與押韻的功課；無非是出於想把女兒培養成搖錢樹的願望。

大中十一年春。有幾個魚家歌妓好幾次應召到某某酒樓去表演。主客是宰相令狐綯家的公子名叫令狐滈[5]的人。他老帶著也是貴公子的玩伴斐誠一起來。另外還有一個隨從姓溫，常常被令狐與斐「鍾馗鍾馗」地叫喚著。公子兩人是美服華飾；唯有姓溫的衣著污垢，且動不動就被公子們頤指氣使，難怪歌妓等人起初都認為他是僕人之類。然而一到酒酣耳熱之後，溫鍾馗就翻起白眼，反而對兩位公子叱咤怒號起來。然後就會命令歌妓彈琴吹笛，自己則朗朗吟唱從未聽過的美詞佳句。音調鏗鏘，合拍合律，絕非外行人之所能為。先前歌妓們看見這個綽號鍾馗、于思睅目的溫姓人物，常被兩個白面書生欺負，也就把他當成嘲謔的對象；現在卻一個一個地靠近過去，圍住了他，傾聽著他的詠唱。從此以後，歌妓們跟溫親近起來。有時溫會向歌妓借琴來彈，借笛來吹。吹彈技巧之妙遠遠不是歌妓們之所能及。

歌妓們回到魚家，總是屢屢談著溫某這個人，玄機聽了好奇，就告訴了窮措大老師。老師驚奇道：「溫鍾馗這個人大概是來自太原的溫歧吧。又名庭筠，字飛卿。曾在科場上八叉手而成八韻，所以有個綽號叫溫八叉[6]。稱他鍾馗是因為他的容貌又醜又怪。在當今的詩人中，除了李商隱，無人能出其右。加上段成式，就是所謂的三名家。不過，段就稍微等而下之了。」

玄機聽了這些話之後，每次歌妓們從令狐的宴席回來時，就會向她們追問溫某的事。歌妓們也開始向溫談起玄機的事來。然後終於有一天，溫親自來訪魚家了。是聽說有美少女會作詩，起了好奇之心而來的。

溫與玄機對面而坐。映在眼裡的這位少女玄機，彷彿一朵將開不開的牡

5　令狐滈：《舊唐書》作令狐縞，《唐詩紀事》作令狐滈。

6　溫八叉：《唐詩紀事》卷五四：「每入試，押官韻作賦，凡八叉手而八韻成，時號溫八叉。多為鄰鋪假手，號曰救數人也。而士行玷缺，縉紳薄之。」玄機入獄時，被貶至方城（今河南省境內）為地方小吏。

丹花蕊。溫雖然與貴公子們交遊，但年逾四十而不惑，生就一副不下於鍾馗的醜陋容貌。開成初年[7]娶了妻子，家裡有一個幾乎跟玄機同年的兒子，名字叫憲。

玄機正襟恭迎。溫本來想用對待歌妓的態度來跟她交談，現在卻不由得肅然改容更貌。一交談起來，溫立刻發現玄機不是尋常女子。為甚麼呢？因為這個如花初放的十五歲少女，毫無些微嬌羞之態，口吻活像男子一般。

溫說：「聽聞卿善於作詩。有近業可借來拜讀否？」

玄機答道：「小女不幸，尚無良師。怎能有可供請教的所謂近業呢？今乃得伯樂之一顧，始有奔放千里之志。敢請課題，讓小女一試。」

溫不覺莞爾。這個少女居然自比良驥，畢竟令人有不倫不類之感。玄機站起身，拿來筆墨放在溫前。溫率然寫了〈江邊柳〉三個字。玄機沈思片刻，口占五律一首，如下：

賦得江邊柳

翠色連荒岸，煙姿入遠樓。
影鋪秋水面，花落釣人頭。
根老藏魚窟，枝低繫客舟。
蕭蕭風雨夜，驚夢復添愁。

溫一誦之後，稱善不已。他出入舉場已有七次之多，每次總會看到些堂堂男子漢，搜索枯腸而終不能成一句的窘狀。那些男人就遠遠不如這個少女。

此後溫常常去拜訪魚家。兩人之間的詩筒往還變得如梭之繁了。

7 開成：唐文宗年號，當西曆八三六—八四〇。

＊

溫於大中元年三十歲時，離開太原，首次入京參加了進士科舉。他自己寫詩作文，每每在燃燭一寸之內完成；看到鄰席有苦思苦想而不成一句的人，就權當槍手，助以一臂之力。其後每次進科場，總要為七八個人代作詩文。其中有進士及第的，只有溫自己每次都名落孫山。

反之，在科場之外卻名震京師，無人不知。大中四年出任宰相的令狐綯[8]，表示禮賢下士，也常召見溫，且把他列在宴會席上。有一天，綯在席上問了一個故事。其實那個故事就在《莊子》一書中。溫立刻回答了，只不過用詞口氣很不謹慎。直率地說：「那是出於《南華真經》的。不算是甚麼冷僻的書。相公在燮理政務之暇，也應該多多讀書才好。」

又，宣宗喜愛〈菩薩蠻〉的曲調，綯填詞奉上。其實是溫的代作，說好是要保密的；然而溫在醉後洩漏出去了。此外，還曾自稱「中書堂內坐將軍」，為的是想譏諷綯的胸無點墨。

溫的名字終於宣宗也知道了。有一次宣宗得了一句，徵求舉人加以對仗。溫以「玉條脫」[9]對宣宗的「金步搖」，皇帝大為讚賞。宣宗有微行的癖好，知道了溫的名字後不久，就在酒樓裡邂逅了。溫沒見過皇帝，不知其長相如何。在短暫的交談中就說出了些傲慢無禮的話來。

不久，沈詢為舉場知舉[10]，故意安排溫單獨坐在別席，旁邊周圍變成空位。他的詩名愈來愈高。皇帝和宰相都愛其才而鄙視其人。溫的姊姊是趙顓的妻子，為弟弟奔走要路間，懇求官位，也毫無結果。

8 令狐綯（七九五—八七二）：字子直。大中四年（八五〇）為宰相，討龐勛於徐州。
9 玉條脫：玉手鐲。對金步搖，平仄亦甚工整。
10 知舉：玄宗時所設掌科舉之官職。

人。

＊

溫的友人中，有一個名叫李億的富豪。小溫約十歲，是個詩歌詞曲的解

咸通[11]元年春。溫往襄陽久居後回到長安，李來訪他的寓所。溫在襄陽是在刺史徐商下面當小吏，勤務了一段時間，終於感到厭倦而辭掉了。

溫的几上有玄機的詩稿。李見了嘆賞不絕。然後打聽是甚麼樣的女人。溫回答說，是個三年來受他指導詩歌、如花似玉的少女。李於是問了魚家的街址，若有所思地匆匆起身離開而去。

李離開了溫的寓所，徑往魚家，開門見山就說想納玄機為側室。玄機的雙親不免為聘禮之厚所動。

玄機出來與李相見。今年芳齡十八，容貌之美已非與溫初見時之所能比。李自己也是個白皙的美丈夫。李急切懇求，玄機也沒有拒絕的樣子。於

是雙方當場約定，數日之後，李就把玄機迎入城外的林亭了。

這時李大喜過望，覺得突然發下的願望竟能突然如願以償。然而現在麻煩來了。每次李想以身靠近，玄機就迴避；想勉強進逼，她就嚎啕大哭。林亭變成了李晚上懷著希望而去、早上掃興失望而歸的地方。

李甚至懷疑玄機是否有不可告人的毛病。不過如果是那樣，當初應該會婉拒聘禮才對。李並不覺得玄機是討厭他的。玄機哭泣的時候，總是會把自己原先躲開的軀體靠在李的身上，好像不堪痛苦似的大哭起來。

由於屢次動情而不能遂其慾，徒使李的精神萎靡不振，以致行住坐臥間，引起恍恍惚惚、若有所失的現象。

李已有妻室。妻子發覺到丈夫的行動有些異常，所以開始注意他的行蹤。於是以利誘使童僕當包打聽，打聽到有個女人叫玄機的住在林亭。夫妻反目了。有一天岳父到家裡來，當面斥責了女婿。李發誓會把玄機逐出林

---

11 咸通：唐懿宗年號，當西曆八六〇—八七四年。

亭。

李往林亭，規勸玄機最好回到魚家去。但是玄機不聽。理由竟是縱使雙親寬宥，也不堪女友之間的閒言閒語。李乃請來一向認識的道士趙鍊師[12]，託付了玄機的身世。玄機之所以進入咸宜觀為女道士，就是因為有此因緣。

*

玄機是富於才智的女人。她的詩具有無人能及的剪裁工夫。自從拜溫為師學詩以來，一面努力涉獵典籍，一面錘鍊字句，苦心孤詣，至於廢寢忘食。同時想求詩名的願望也與日俱增。

這是嫁李之前的事。有一天玄機往崇真觀[13]，在南樓看到包括狀元的進士題名榜，慨然賦詩一首。

遊崇真觀南樓　新及第題名處

雲峯滿目放春晴，歷歷銀鈎指下生。
自恨羅衣掩詩句，舉頭空羨榜中名。

玄機以女子的軀體而懷有男人的志氣，從這首詩也能推測出來。不過如果說因為有女子的軀體，就不可能對吉士懷情，那並不然。只不過那是一種彷佛藤蔓纏繞木幹之心，而不一定屬於帷房之慾。玄機心中正因為有那麼一個吉士，所以才答應了李的求婚。假如沒有那個他，林亭的漫漫長夜不知有多索漠呢。

不久之後，玄機住進了咸宜觀。李在臨別時送了一筆可觀的錢財，足夠讓玄機在觀內不愁衣食，安心修道。當趙道長講授道書的時候，玄機就高高興興地讀起道書來。對玄機這個女孩而言，講經讀史已經是家常便飯；道家

12　鍊師：德高望重之道士稱號。
13　崇真觀：道觀名。在長安城東，近城壁之新昌坊。

之言反而更能滿足她求新的好奇心，帶來不少喜悅。

當時道家流行所謂中氣真術[14]。每月朔望兩次，預先齋戒三日後，修持所謂四目四鼻孔云云之法。玄機在必修的規定之下，修了一年多，忽然若有所悟。玄機變成了真的女兒身，領悟了在李的林亭所不知道的事。時在咸通二年春。

*

玄機與一個稍解文字的同修女道士，變成了好友。兩人同寢共食，互相披瀝胸中塊壘。她的名字叫采蘋。有一首玄機給采蘋的詩。

贈鄰女

羞日遮羅袖，愁春懶起粧。
易求無價寶，難得有心郎。

枕上潛垂淚，花間暗斷腸。
自能窺宋玉，何必恨王昌。

采蘋體格嬌小而個性率真。今年十六歲，比十九歲的玄機年輕。在慎重的玄機面前始終抬不起頭來。兩人有爭吵，總是采蘋認輸，哭泣收場。那樣的事幾乎天天都有。但二人很快又會和睦如初。在女道士之間，這種關係稱為對食[15]，成為旁人揶揄的對象。那是雜著羨慕與嫉妒之情的。

入秋以後，采蘋忽然失蹤了。正好與一個在觀內雕塑神像的旅行工人請辭離開的日子相同。那些嘲笑過她們對食的道姑們，告訴趙道長玄機有多麼寂寞的模樣時，趙卻笑著說：「蘋也飄蕩，蕙也幽獨。」原來玄機字幼微，

14 中氣真術：《廣弘明集》卷第九所收甄鸞《笑道論》（三十九）云：「黃書合氣，三五七九男女交接之道。四目兩舌正對，行道在於丹田。有行者度厄延年。教夫易婦，惟色為初。父兄立前，不知羞恥。自稱中氣真術。今道士常行此法，以之求道。」

15 對食：古時宮人相愛，相約為夫婦，謂對食。今之所謂同性戀。

又叫蕙蘭。

*

趙道長在修法道場上，雖然依照規律，嚴格管制；但對於樓觀的出入，卻總是開著方便之門。玄機的詩名越來越高，來求詩稿的人也越來越多。有人會致酬金，有人會送禮物。其中有人因為聽說玄機是美女，乃藉求索墨寶之名前來拜訪的。也有書生攜帶酒食而來，想與玄機共飲、同歡作樂的；聽說玄機就會叫來僮僕，把這種人逐出大門之外。

然而自從采蘋失蹤之後，玄機的態度變了。如有稍解文墨的士人來求詩索書時，就請他留下奉茶，笑語移晷，不知日之將暮。曾一度被款待過的人往往會邀友再來。玄機好客的風聲迅速傳遍了長安人士之間。現在即使載酒來訪，也不怕會被趕出大門了。

反之，若有目不識丁的登徒子之徒，只因誘於美人之名而來，玄機就毫不假以辭色，侮之辱之，而後逐出門去。還有跟隨熟客同來的無學貴介子弟，即使當場幸而免於受斥捱罵，到了來客開始聯句或度曲時，就會自嘆不如，偷偷離席回去。

＊

陪著客人戲謔嗤笑的玄機在客人散去後，總是顯得鬱鬱不樂。夜闌而仍不能入睡，眼裡充滿著淚水。有一夜，曾給出外旅遊的溫庭筠寫了一首詩。

寄飛卿

堦砌亂蛩鳴，庭柯煙露清。
月中鄰樂響，樓上遠山明。
珍簟涼風到，瑤琴寄恨生。
嵇君懶書札，底物慰秋情。

玄機寄發詩筒後，日夜等著溫的回音。過了好多天收到了溫的來信，玄機卻大失所望。這不是溫的錯。玄機有所求而贈詩，但自己也不知所求者為何物。

有一夜，玄機一如往例，獨在燈下蹙眉沈思。終於難耐不安而站起身來，在屋內走來走去。從几上拿起甚麼，又隨即放回原處。良久之後，玄機展紙寫了一首古體，是要寄給樂人陳某的。陳某大概在十天前，曾與兩三個貴公子一起來過一次。是個體格雄偉、面貌和藹的年輕人；話不多，始終帶著微笑凝視著玄機的一舉一動。年齡小於玄機。

感懷寄人

恨寄朱絃上，含情意不任。
早知雲雨會，未起蕙蘭心。
灼灼桃兼李，無妨國士尋。

蒼蒼松與桂，仍羨世人欽。
月色庭階淨，歌聲竹院深。
門前紅葉地，不掃待知音。

翌日，陳看完了詩，馬上來到咸宜觀。玄機支開別人接見了他，而且命令僮僕辭謝任何訪客。從玄機的書齋裡，只能聽到微微的低聲細語。渡過了初夜，陳滿面春風地回家去了。從此以後，陳不必經過通姓報名，就可直接進入玄機的書齋；玄機每次迎接陳的時候，就謝絕其他客人。

*

陳訪問玄機的次數越來越頻繁，因而越來越多的訪客都被拒之於門外。那些來求法書的不得不用金子買墨寶，卻無緣一睹芳容，敗興而走了。

約一個月後，玄機辭掉了僮僕，改雇了一個老婢。這個老媼面貌醜陋，神色愁苦，幾幾乎不與人交談而說東道西。因此世人不大清楚觀內的情形，玄機和陳的關係也就不受煩擾而繼續下去。

陳經常出外旅行。這種時候，玄機也不願接見訪客，就閉門獨居，趁機創作許多詩篇，寄給溫請求斧政。溫每次讀了玄機的詩，發覺詩中閨怨漸多而道情殆無；為之訝異不置。因為玄機被李納為側室，過不多久，離開李而入咸宜觀為女道士。事情的原委都早從李的口中進入溫的耳裡了。

約七年的歲月平安無事地過去了。就在這時後，萬萬也想不到，竟有災難發生在玄機的身上。

咸通八年歲暮，陳又出外旅行去了。玄機獨守空閨，孤寂難耐。在寄給溫的詩中，含有「滿庭木葉愁風起，透幌紗窗惜月沈」等破例的悽慘之句。

九年初春，陳尚未歸來，老婢死了。這個沒有親戚可以依靠的老媼，自己早就準備好了棺材，玄機只給她處理了喪葬事宜。其後來了一個十八歲的婢女，名叫綠翹。長得並不美，卻頗伶俐而有媚人之氣。

陳回到長安而來咸宜觀時，已是豔陽三月天。玄機迎接他回來的心情，彷彿渴者之臨甘泉。有一段日子，陳頻頻來訪，幾乎天天按時報到。在這期間，玄機常常看到陳在揶揄綠翹的場面。不過玄機起初並不介意。何以故？因為在玄機眼中，可以說，從來不把綠翹當作女人看待。

玄機今年二十六歲。眉目端正的臉孔具有不能逼視的華貴之美。剛出浴時放射著琥珀色的光。豐碩的肌膚活似無瑕的白玉。綠翹低額頭短下巴，有如哈巴狗的臉。手足又粗又大。脖子和手臂老是油膩髒污。玄機之對綠翹毫無嫉妒之心不是沒有道理的。

這期間，三人的關係慢慢微妙起來。以前陳對玄機的言行有所不滿時，不是沈默寡言就是完全噤口無語；而現在碰到同樣的情況時，陳卻轉而跟綠翹談起話來，越談越多。而且陳對綠翹說話的口氣極為溫柔。玄機每次聽到時，就感到心如刀割的痛苦。

有一天，玄機受同修女道士之邀前往某一樓觀。離開書齋出門時，還特別把樓觀之名告訴了綠翹。等到傍晚玄機回來，綠翹在門口迎接，說：「您不在的時候，陳先生來過了。告訴他您去的地方，他只說是嗎，回頭就走了。」

玄機臉上浮現怒容了。陳以前曾在玄機出門時來過好幾次，每次都會進入書齋耐心地等玄機回來。而這一次既然讓他知道自己就在附近，綠翹卻說他連等也沒等，就轉頭回去。玄機覺得陳與綠翹之間好像有甚麼不可告人的秘密。

玄機默然走進書齋，坐下沈思良久。猜疑愈來愈深，忿恨愈來愈烈。越想越覺得剛才在門口迎候自己的綠翹的臉上，好像流露著一種侮蔑不屑的神色。陳以溫和的言語誘引綠翹的聲音，彷彿又響了起來，歷歷如在耳邊。

就在這時綠翹點了燈拿了進來。玄機看著綠翹那坦然自若的少女面孔，認為一定隱藏著甚麼重大的陰謀。玄機突然站起，上了拉門的鎖。然後以顫抖的聲音詰問起來。綠翹只說：「不知道，不知道。」這個回答更讓玄機覺得綠翹狡猾無比。玄機把跪在板蓆上的婢女推倒。綠翹被嚇得睜大了眼睛。

「為甚麼不坦白？」

玄機厲聲喊著，雙手掐住了婢女的脖子。婢女只能扭動手腳掙扎。玄機終於鬆開了手一看，綠翹已經一命嗚呼了。

＊

玄機扼死綠翹的事，好幾天沒人發覺。殺人第二日，陳來的時候，玄機預料他會問起綠翹怎麼不見了。然而陳卻連問也不問。玄機終於說：「那綠翹昨晚就不見了。」說了，偷偷看著陳的反應。陳只說：「是嗎？」顯得並不怎麼在乎的樣子。昨晚，玄機已把綠翹的屍體抱到所住樓觀後面，放進一個挖好的坑裡，用土掩埋好了。

數年來玄機為了「生活的秘密」而謝絕訪客；現在卻為了「殺人的秘密」而心懷恐懼。覺得如果謝絕了客人，說不定有人就會在觀內四下徘徊，尋找綠翹的蹤跡。於是，決定遇到有急切求見的人，就不強迫自己關門謝客了。

初夏時分，有一天有兩三個客人來訪。其中一人走到樓觀後面乘涼，注意到一個新填的坑洞，坑邊有挖土的痕跡；上面爬滿了閃著綠色的一大群蒼蠅。那個人感到有點奇怪，也不假思索，就告訴了隨員。隨員轉告了他哥哥。哥哥是衙門的衙卒，數年前曾親眼見過陳在拂曉前離開咸宜觀，以為奇貨可居，威脅玄機強求賄賂。玄機笑而不加理會。衙卒一直懷恨在心。如今聽了弟弟的話，覺得小婢的失蹤與發著腥氣的土坑之間，可能有某些微妙的關係。於是集合同班的衙卒數人，攜帶鋤頭，突入咸宜觀，挖了那個土坑。挖下不到一尺，就看到埋在下面的綠翹的屍體了。

京兆尹溫璋[16]依衙卒的訴狀逮捕了魚玄機。玄機毫不分辯，乾脆服了罪。樂人陳某也受了鞫訊，證實不知情而釋放。

李億等認識玄機的朝野人士，都惜其才而設法加以營救。唯有溫歧一人當時在方城當小吏，遠離京師，未能為玄機盡一份營救之力。

京兆尹由於罪證確鑿，不能枉法而輕輕放過。到了立秋，終於上奏懿宗，把玄機處以斬刑了。

＊

對於玄機的受斬，哀悼的人當然不少，其中最傷心的就屬方城的溫歧了。

玄機受刑兩年前，溫流浪到揚州。大中三年，罷了宰相的令狐綯正在揚州當刺史。溫埋怨綯久為知友而未嘗聘用自己，所以也懶得投刺問候。不久，有一夜在妓院裡，溫酒喝多了，被虞候揍得鼻青臉腫，門牙斷折，憤而提出告訴。綯傳溫與虞候出庭對質，虞候強調溫的惡劣行徑，居然獲判無罪。這一案件傳到了京師。溫親自趕到長安，向當局要路提出上訴。當時徐商與楊收同列宰相，徐有意庇護溫，而楊卻不從，結果把溫貶到方城為小吏。其制詞云：「孔門以德行為先，文章為末。爾既德行無取，文章何以稱焉？徒負不羈之才，罕有適時之用。」溫後來左遷隨縣而死。子憲與弟庭皓

16　溫璋：官至邠寧節度使、京兆尹。懿宗時，因直諫而貶為振州司馬。仰毒而死。

雖然於咸通年間擢用，但庭皓在龐勛之亂時，在徐州被殺。那是玄機被斬後三個月的事。

＊本篇寫於大正四年七月，所依據之主要文獻如下：

其一／魚玄機：

《三水小牘》、《南部新書》、《太平廣記》、《北夢瑣言》、《續談助》、《唐才子傳》、《唐詩紀事》、《全唐詩（姓名下小傳）》、《全唐詩話》、《唐女郎魚玄機詩》

其二／溫飛卿：

《舊唐書》、《漁隱叢話》、《新唐書》、《北夢瑣言》、《全唐詩話》、《桐薪》、《唐詩紀事》、《玉泉子》、《六一詩話》、《南部新書》、《滄浪詩話》、《握蘭集》、《彥周詩話》、《金荃集》、《三山老人語錄》、《漢南真稿》、《雪浪齋日記》、《溫飛卿詩集》

小說精選

魚玄機：森鷗外歷史小說選

2019年7月初版　　定價：新臺幣290元

著者	森鷗外
譯者	鄭清茂
叢書編輯	黃榮慶
校對	陳麗卿
內文排版	極翔排版公司
封面設計	陳恩安
編輯主任	陳逸華

出版者	聯經出版事業股份有限公司
地址	新北市汐止區大同路一段369號1樓
編輯部地址	新北市汐止區大同路一段369號1樓
叢書編輯電話	(02)86925588轉5307
台北聯經書房	台北市新生南路三段94號
電話	(02)23620308
台中分公司	台中市北區崇德路一段198號
暨門市電話	(04)22312023
台中電子信箱	e-mail：linking2@ms42.hinet.net
郵政劃撥帳戶第	0100559-3號
郵撥電話	(02)23620308
印刷者	文聯彩色製版印刷有限公司
總經銷	聯合發行股份有限公司
發行所	新北市新店區寶橋路235巷6弄6號2樓
電話	(02)29178022

總編輯	胡金倫
總經理	陳芝宇
社長	羅國俊
發行人	林載爵

行政院新聞局出版事業登記證局版臺業字第0130號

本書如有缺頁，破損，倒裝請寄回台北聯經書房更換。　ISBN 978-957-08-5342-1 (平裝)
電子信箱：linking@udngroup.com

國家圖書館出版品預行編目資料

魚玄機：森鷗外歷史小說選/森鷗外著．鄭清茂譯．初版．
新北市．聯經．2019年7月（民108年）．256面．14.8×21公分
（小說精選）

ISBN 978-957-08-5342-1（平裝）

861.57　　108009497